Roald Dahl

MATILDA

Deutsch von
Sybil Gräfin Schönfeldt

Rowohlt Taschenbuch Verlag

17. Auflage November 2012

Veröffentlicht im
Rowohlt Taschenbuch Verlag,
Reinbek bei Hamburg, März 1997
Copyright für die deutsche Übersetzung
© 1989 by Rowohlt Verlag GmbH,
Reinbek bei Hamburg
Die Originalausgabe erschien 1988
bei Jonathan Cape in London
«Matilda» Text Copyright © 1988 by Roald Dahl Nominee Ltd.
Umschlagfoto aus dem Film «Matilda»
Cover Art
Copyright © 1996 by TriStar Pictures, Inc.
All rights reserved
Umschlaggestaltung Barbara Hanke
Alle Rechte an dieser Ausgabe vorbehalten
Satz Aldus PostScript (PageOne)
Gesamtherstellung CPI – Clausen & Bosse, Leck
Printed in Germany
ISBN 978 3 499 20855 3

MIX
Papier aus verantwor-
tungsvollen Quellen
FSC® C083411
FSC
www.fsc.org

Das für dieses Buch verwendete FSC®-zertifizierte Papier
Lux Cream liefert Stora Enso, Finnland.

Für Michael und Lucy

Roald Dahl steht für mehr
als gute Geschichten

Wussten Sie, dass 10 % der Autorentantieme* aus dem Verkauf dieses Buches dem Roald-Dahl-Wohltätigkeᴛᴛsverein zugutekommen?

Roahl Dahl's Marvellous Children's Charity

Roald Dahl ist weltweit bekannt für seine Geschichten und Reime. Wenige wissen jedoch, dass er schwerkranken Kindern geholfen hat. Heute führt die *Roald Dahl's Marvellous Children's Charity* seine phantastische Arbeit fort, indem sie Tausenden von Kindern hilft, die an neurologischen oder Blutkrankheiten leiden. Sie unterstützt Kinderkrankenschwestern, spendet Ausstattungen und Unterhaltung für Kinder in Großbritannien und hilft Kindern auf der ganzen Welt durch wegweisende Forschungen.

Möchten auch Sie etwas Wunderbares tun, um anderen zu helfen? Finden Sie einen Weg unter

www.roalddahlcharity.org

Das *Roald Dahl Museum and Story Centre* in Great Missenden vor den Toren Londons liegt im Dorf Buckinghamshire, wo Roald Dahl lebte und schrieb. Im Herzen des Museums befindet sich das einzigartige Archiv seiner Briefe und Manuskripte, das den Besuchern die Liebe zum Lesen und Schreiben vermitteln soll. Neben zwei amüsanten biographischen Galerien bietet das Museum auch ein interaktives Story-Center – genau der richtige Ort also für die Familie, für Lehrer und Schüler, um die aufregende Welt der Kreativität und Literatur zu erleben!

www.roalddahlmuseum.org

Die *Roald Dahl's Marvellous Children's Charity*
ist ein eingetragener Wohltätigkeitsverein, Nr. 1137409.

Das *Roald Dahl Museum and Story Centre* (RDMSC)
ist ein eingetragener Wohltätigkeitsverein, Nr. 1085853.

Der *Roald Dahl Charitable Trust* ist ein neu gegründeter
Wohltätigkeitsverein und unterstützt die Arbeit von RDF und RDMSC.

* Gespendete Tantiemen sind provisionsfrei.

Inhalt

Die Leserin

Mütter und Väter sind komisch. Ihr eigenes Kind kann eine noch so widerliche kleine Ratte sein – sie bilden sich trotzdem ein, er oder sie seien eine Offenbarung.

Manche Eltern gehen sogar noch weiter. Sie werden aus lauter Liebe so verblendet, dass sie an ihrem Kind die Anzeichen eines wahren Genies erkennen.

Das wäre ja alles nicht so schlimm. So geht's eben zu auf der Welt. Nur, wenn diese Eltern auch noch anfangen, *uns* was vorzuschwärmen von den Wundergaben ihrer eigenen umwerfenden Sprösslinge, dann kann man wirklich nur keuchen: «Wo ist ein Eimer? Wir müssen kotzen.»

Lehrer haben unter diesem Gequatsche eingebildeter Eltern ganz schön zu leiden, aber sie können sich wenigstens rächen, wenn sie Zeugnisse schreiben. Wenn ich Lehrer wäre, würde ich mir für die Kinder solcher Affeneltern regelrechte Verrisse zusammenbrauen. «Ihr Sohn Maximilian», würde ich schreiben, «ist ein totaler Waschlappen. Ich hoffe, dass Sie über ein Familienunternehmen verfügen, in dem Sie ihn nach der Schule unterbringen können, denn es ist sonnenklar, dass ihn kein denkender Mensch freiwillig bei sich einstellen würde.» Und wenn ich an dem betreffenden Tage meine dichterische Ader spürte, würde ich vielleicht schreiben: «Es klingt zwar merkwürdig, ist aber eine Tatsache, dass die

Hörorgane der Heuschrecken seitlich vom Magen angebracht sind. Nach dem zu urteilen, was Ihre Tochter Vanessa in diesem Schuljahr gelernt hat, scheint sie überhaupt keine Hörorgane zu besitzen.»

Kann sein, dass ich mich sogar noch eingehender mit der Naturgeschichte befassen und sagen würde: «Die sich häutende Zikade bleibt im Puppenzustand sechs Jahre lang im Verborgenen und verbringt nicht mehr als sechs Tage als freies Insekt in Licht und Luft. Ihr Sohn hat in dieser Schule sechs Jahre im Puppentiefschlaf zugebracht, aber wir warten noch heute darauf, dass er aus seiner Larve schlüpft.»

Ein besonders boshaftes kleines Mädchen könnte mich reizen, Folgendes zu formulieren: «Fiona zeigt die gleiche kühle Schönheit wie ein Eisberg, hat jedoch im Gegensatz zu diesem absolut nichts unter der Oberfläche.»

Ich glaube, es wäre mir ein reines Vergnügen, die Zeugnisse für die kleinen Scheusale aus meiner Klasse zu schreiben, aber dies soll genügen. Wir müssen weiterkommen.

Gelegentlich stößt man auf Eltern, die das genaue Gegenteil darstellen, die sich nicht die Bohne um ihre Kinder kümmern, und die sind natürlich noch viel schlimmer als diejenigen, die ihre Kinder anbeten. Herr und Frau Wurmwald gehörten in diese Kategorie von Eltern. Sie hatten einen Sohn namens Michael und eine Tochter namens Matilda, und die Eltern behandelten Matilda nicht anders als ein Stück Schorf. Mit Schorf muss man einfach leben, bis die richtige Zeit gekommen ist. Dann kann man ihn abpulen und wegschnippen.

Herr und Frau Wurmwald wünschten geradezu sehnlichst die Zeit herbei, zu der sie ihre kleine Tochter abpulen und wegschnippen konnten, möglichst in die nächste Grafschaft oder noch viel weiter weg.

Es ist schon schlimm genug, wenn Eltern ganz gewöhnliche Kinder wie Schorf und Fliegenschiss behandeln, aber wenn das betreffende Kind außergewöhnlich ist, und damit meine ich: blitzgescheit und sehr verständig, dann ist so etwas am allerschlimmsten. Matilda war beides, aber überwiegend blitzgescheit. Ihr Verstand war so hell und scharf, und sie besaß eine so schnelle Auffassungsgabe, dass diese Talente selbst den meisten unterbelichteten Eltern aufgefallen wären. Herr und Frau Wurmwald waren jedoch alle beide so beschränkt und nur mit ihren kleinen albernen Alltagsdingen befasst, dass sie nicht imstande waren, an ihrer Tochter etwas Außergewöhnliches festzustellen. Ehrlich gesagt hätten sie es nicht einmal gemerkt, wenn sie mit einem gebrochenen Bein ins Haus gekrochen wäre. Matildas Bruder Michael war ein ganz normaler Junge, aber bei seiner Schwester konnte einem, wie gesagt, der Kinnladen herunterklappen.

Mit anderthalb Jahren redete sie fehlerlos und kannte ebenso viele Wörter wie die Erwachsenen. Statt dass die Eltern sie lobten, beschimpften sie sie als nervtötende Plappertasche und sagten streng, brave Mädchen wolle man sehen, aber nicht hören.

Im Alter von drei Jahren hatte sich Matilda das Lesen beigebracht, indem sie die Zeitungen und Magazine studierte, die im ganzen Haus herumlagen. Im Alter von vier Jahren konnte sie rasch und fließend lesen und fing natürlich an, sich sehnsüchtig nach Büchern umzuschauen.

Das einzige Buch in diesem erleuchteten Haushalt war

etwas namens «Kochen ist leicht» und gehörte ihrer Mutter. Nachdem Matilda es von vorn bis hinten durchgelesen und alle Rezepte auswendig gelernt hatte, beschloss sie, sich nach etwas Interessanterem umzusehen.

«Vati», sagte sie, «meinst du, dass du mir ein Buch kaufen könntest?»

«Ein *Buch*?», fragte er. «Wozu brauchst du denn ein verdammtes Buch?»

«Zum Lesen, Vati.»

«Und was hast du gegen das Fernsehen, um Himmels willen? Wir haben einen fabelhaften Fernsehapparat mit einem Riesenbildschirm, und jetzt kommst du und willst ein Buch haben? Du bist ganz schön verwöhnt, mein Mädelchen!»

An Wochentagen war Matilda fast jeden Nachmittag allein zu Hause. Ihr Bruder, der fünf Jahre älter war als sie, ging in die Schule, ihr Vater zur Arbeit, und ihre Mutter fuhr zum Bingospielen in eine acht Kilometer entfernte Stadt. Frau Wurmwald war geradezu süchtig nach Bingo und spielte es an fünf Nachmittagen in der Woche. An dem Nachmittag, an dem sich ihr Vater geweigert hatte, ihr ein Buch zu kaufen, machte sich Matilda ganz allein auf und ging in die Stadtbücherei. Dort stellte sie sich der Bibliothekarin vor, einer Frau Phelps. Sie fragte, ob sie sich ein bisschen hinsetzen und ein Buch lesen dürfe. Frau Phelps, etwas verwirrt, dass so ein kleines Mädchen ohne elterliche Begleitung bei ihr auftauchte, erwiderte ihr trotzdem, dass sie herzlich willkommen sei.

«Wo sind bitte die Kinderbücher?», erkundigte sich Matilda.

«Sie stehen da drüben auf den untersten Regalen», erklärte ihr Frau Phelps. «Möchtest du vielleicht gern, dass ich dir ein schönes mit lauter Bildern heraussuche?»

«Nein danke», antwortete Matilda, «ich kann das schon alleine.»

Von nun an bummelte Matilda an jedem Nachmittag, sobald ihre Mutter zum Bingo gefahren war, zur Stadtbücherei hinunter. Der Weg war nur zehn Minuten lang, und so blieben ihr zwei herrliche Stunden, in denen sie friedlich in einer gemütlichen Ecke hockte und ein Buch nach dem anderen verschlang. Nachdem sie alle Kinderbücher gelesen hatte, die es dort gab, begann sie sich auf die Suche nach etwas anderem zu machen.

Frau Phelps, die sie in den vergangenen Wochen gebannt beobachtet hatte, kam nun hinter ihrem Tisch hervor und ging zu ihr.

«Kann ich dir helfen, Matilda?», fragte sie.

«Ich überleg mir gerade, was ich als Nächstes lesen soll», antwortete Matilda, «mit den Kinderbüchern bin ich durch.»

«Du meinst, du hast dir alle Bilder angeschaut?»

«Ja, aber gelesen hab ich die Bücher auch.»

Frau Phelps schaute von ihrer großen Höhe zu Matilda hinab, und Matilda blickte geradewegs zu ihr empor.

«Ein paar hab ich ziemlich schwach gefunden», sagte Matilda, «aber ein paar andere waren zu schön. Am besten hat mir ‹Der geheime Garten› gefallen. Da gab's so viel Geheimnis drin. Das Geheimnis von dem Raum hinter der verschlossenen Tür und das Geheimnis von dem Garten hinter der hohen Mauer.»

Frau Phelps stand da wie vom Donner gerührt. «Wie alt bist du eigentlich genau, Matilda?», fragte sie.

«Vier Jahre und drei Monate», antwortete Matilda.

Das raubte Frau Phelps erst recht die Fassung, aber sie war vernünftig genug, es nicht zu zeigen. «Was für ein Buch würdest du denn gerne als Nächstes lesen?», fragte sie.

Matilda erwiderte: «Am liebsten ein wirklich gutes, eins, das Erwachsene lesen. Ein berühmtes Buch. Ich kenn aber noch nicht die Namen.»

Frau Phelps musterte die Bücherreihen und ließ sich dabei Zeit. Sie wusste nicht genau, was sie anbieten sollte. Wie wählt man nur, überlegt sie, ein berühmtes Erwachsenenbuch für ein vierjähriges Mädchen aus? Ihr erster Gedanke war, ein Jugendbuch herauszuziehen, eine von diesen süßlichen Geschichten, die für fünfzehnjährige Schülerinnen geschrieben werden, aber dann merkte sie, wie sie unerklärlicherweise instinktiv an diesem speziellen Regal vorüberging.

«Versuch es einmal mit diesem», sagte sie schließlich, «es ist sehr berühmt und sehr gut. Wenn's zu dick für dich ist, dann sag mir nur Bescheid, und ich suche dir etwas Kürzeres und Leichteres heraus.»

««Große Erwartungen»», las Matilda, «von Charles Dickens. Da will ich gerne hineinschauen.»

Ich muss verrückt sein, sagte sich Frau Phelps insgeheim, aber Matilda entgegnete sie: «Das kannst du natürlich gerne tun.»

Im Lauf der folgenden Nachmittage konnte Frau Phelps kaum die Augen von dem kleinen Mädchen lösen, das stundenlang in dem großen Armsessel im hintersten Winkel des Raumes saß und das Buch auf dem Schoß hielt. Es lag ihr nämlich auf dem Schoß, weil es viel zu schwer war, als dass sie es in der Hand hätte halten können, und das bedeutete, dass sie sich vorbeugen musste, um lesen zu können. Es war ein merkwürdiger Anblick, dieses winzige dunkelhaarige Geschöpf, dessen Füße noch längst nicht den Boden berührten und das vollkommen versunken war in die wunderbaren Abenteuer von Pip und der alten Miss Havisham und ihrem spinnwebenumsponnenen Haus und in den Zauber, den Dickens, der große Geschichtenerzähler, mit seinen Worten bewirkt. Die einzige Bewegung des lesenden Kindes bestand darin, dass es von Zeit zu Zeit die Hand hob und eine Seite umblätterte, und Frau Phelps war immer wieder traurig, wenn es für sie an der Zeit war, in den hintersten Winkel zu gehen und zu sagen: «Es ist zehn vor fünf, Matilda.»

In der ersten Woche von Matildas Besuchen hatte Frau Phelps sie gefragt: «Bringt dich deine Mutter jeden Tag hierher und holt dich dann wieder ab?»

«Meine Mutter fährt jeden Nachmittag nach Aylesbury und spielt Bingo», hatte Matilda erwidert, «sie weiß nicht, dass ich herkomme.»

«Aber das ist sicher nicht richtig», wandte Frau Phelps ein, «ich finde, du solltest sie lieber fragen.»

«Das finde ich nicht», antwortete Matilda, «sie hält nichts vom Lesen. Mein Vater auch nicht.»

«Und was solltest du jeden Nachmittag in einem leeren Haus machen?»

«Nur so rumhängen und fernsehen.»

«Aha.»

«Es ist ihr eigentlich egal, was ich tue», setzte Matilda etwas betrübt hinzu.

Frau Phelps machte sich immer Sorgen, wie Matilda heil und sicher durch die ziemlich verkehrsreiche Hauptstraße und über die große Kreuzung nach Hause kam, aber sie beschloss, sich nicht einzumischen.

Innerhalb einer Woche hatte Matilda «Große Erwartungen» ausgelesen, ein Buch, das in dieser Ausgabe vierhundertelf Seiten hatte. «Das hat mir gut gefallen», sagte sie zu Frau Phelps, «hat Herr Dickens noch andere Bücher geschrieben?»

«Ziemlich viele», antwortete die verblüffte Frau Phelps, «soll ich dir noch eins raussuchen?»

Im Lauf der nächsten sechs Monate las Matilda, stets aufmerksam und liebevoll von Frau Phelps beobachtet, die folgenden Bücher:

«Nicholas Nickleby» von Charles Dickens
«Oliver Twist» von Charles Dickens
«Jane Eyre» von Charlotte Brontë
«Stolz und Vorurteil» von Jane Austen
«Eine reine Frau – Tess von D'Urbervilles»
von Thomas Hardy
«Kim» von Rudyard Kipling
«Der Unsichtbare» von H. G. Wells
«Der alte Mann und das Meer»
von Ernest Hemingway
«Schall und Wahn» von William Faulkner
«Die Früchte des Zorns» von John Steinbeck
«Die guten Gefährten» von J. B. Priestley
«Am Abgrund des Lebens» von Graham Greene
«Farm der Tiere» von George Orwell

Das war eine stattliche Liste, und unterdessen platzte Frau Phelps fast vor Staunen und Aufregung, und es war vermutlich nur gut, dass sie sich nicht gestattete, vollkommen den Kopf zu verlieren. Fast jeder andere, der die Fortschritte dieses kleinen Kindes verfolgt hätte, wäre der Versuchung erlegen und hätte einen ungeheuren Wirbel veranstaltet und das Wunder in der ganzen Stadt heraustrompetet. Nicht so Frau Phelps. Sie gehörte zu den Menschen, die sich nur um die eigenen Angelegenheiten kümmern, und sie hatte schon längst entdeckt, dass es sich nicht auszahlte, wenn man sich bei anderer Leute Kindern einmischte.

«Herr Hemingway schreibt vieles, was ich nicht verstehe», sagte Matilda zu ihr, «besonders über Männer und Frauen. Aber es hat mir trotzdem gefallen. So wie er es erzählt, hab ich das Gefühl, ich wäre dabei und schaute zu, wie alles passiert.»

«Dieses Gefühl wird dir ein guter Schriftsteller immer vermitteln», entgegnete Frau Phelps, «und kümmere dich nicht um die Kleinigkeiten, die du nicht verstehen kannst. Lehn dich einfach zurück und lass dich von den Wörtern umspielen wie von Musik.»

«Ja, das will ich tun.»

«Hast du gewusst», fuhr Frau Phelps fort, «dass du dir in öffentlichen Büchereien so wie dieser hier Bücher ausleihen und mit nach Hause nehmen kannst?»

«Das hab ich nicht gewusst», entgegnete Matilda, «dürfte ich das auch machen?»

«Natürlich», sagte Frau Phelps, «wenn du deine Wahl getroffen hast, brauchst du mir das Buch nur zu bringen, dann schreib ich's auf, und es gehört dir für zwei Wochen. Wenn du willst, kannst du dir auch mehr als eins ausleihen.»

Von da an tauchte Matilda nur einmal in der Woche in der Stadtbücherei auf, um sich neue Bücher zu holen und die ausgelesenen zurückzubringen. Ihr eigenes kleines Schlafzimmer verwandelte sich nun in ein Lesezimmer, und dort saß sie an den meisten Nachmittagen und las, wobei oft ein Becher mit heißer Schokolade neben ihr stand. Sie war noch nicht groß genug, um an alles in der Küche heranzukommen, aber sie bewahrte sich im Schuppen eine kleine Kiste auf, die sie dann hereinschleppte, um darauf zu klettern und sich das zu holen, worauf sie Lust hatte. Am liebsten machte sie sich Schokolade, indem sie Milch in ein Töpfchen goss und auf dem Herd erhitzte, bevor sie sie mit dem Pulver verrührte. Sie nahm meistens Bovril oder Ovaltine. Es war gemütlich, einen heißen Schluck mit hinauf in ihr Zimmer zu nehmen und neben sich zu haben, wenn sie nachmittags in der stillen Stube im leeren Hause saß und las. Die Bücher führten sie in neue Welten und machten sie mit erstaunlichen Menschen bekannt, die ein aufregendes Leben führten. Sie stach mit Joseph Conrad auf altmodischen Segelschiffen in See. Sie folgte Ernest Hemingway nach Afrika und Rudyard Kipling nach Indien. Sie reiste durch die ganze Welt, während sie in ihrem kleinen Zimmer in einem englischen Städtchen saß.

Herr Wurmwald,
der große Autohändler

Matildas Eltern besaßen ein recht hübsches Haus mit drei Schlafzimmern im ersten Stock, während es unten ein Esszimmer und ein Wohnzimmer und eine Küche gab. Ihr Vater war Gebrauchtwagenhändler, und sein Geschäft schien ganz gut zu gehen.

«Sägemehl», pflegte er stolz zu sagen, «das ist eins der großen Geheimnisse meines Erfolgs. Und es kostet mich gar nichts. Ich krieg's gratis aus der Tischlerei.»

«Wozu brauchst du das denn?», fragte ihn Matilda.

«Ha!», sagte der Vater. «Das möchste wohl gerne wissen.»

«Ich kann mir nicht vorstellen, wie dir Sägemehl beim Autoverkaufen helfen kann, Vati.»

«Weil du eine dumme kleine Meckerziege bist», antwortete ihr der Vater. Er war in seiner Wortwahl nie sehr zimperlich, aber daran war Matilda gewöhnt. Sie wusste auch, dass er gern angab, und damit zog sie ihn hemmungslos auf.

«Du musst wirklich schrecklich klug sein, dass du sogar Sachen verwenden kannst, die nichts kosten», sagte sie. «Ich wünschte, das könnte ich auch.»

«Könnste nie», antwortete der Vater, «du bist zu blöd dazu. Aber dem jungen Mike hier, dem könnt ich was erzählen, da hätte ich gar nichts gegen. Eines Tages wird er mich ja sowieso im Geschäft unterstützen.» Er tat also, als ob Matilda Luft wäre, wandte sich an seinen Sohn und dozierte: «Ich bin jedes Mal froh, wenn ich einen Wagen erwische, wo so 'n Vollidiot die Gänge ins Getriebe geknallt hat, dass es ganz ausgeleiert ist und klappert wie verrückt. Die Karre krieg ich billig. Und dann brauch ich nur das Schmieröl tüchtig mit Sägemehl zu vermixen, und schon schnurrt die Kiste wie ein Kater.»

«Und wie lange läuft sie, bis sie wieder anfängt zu klappern?»

«Gerade so lange, dass mir der Käufer weit genug von der Hucke ist», sagte der Vater und grinste, «so ungefähr hundert Kilometer.»

«Aber das ist unehrlich, Vati», sagte Matilda, «das ist Betrug.»

«Mit Ehrlichkeit ist noch keiner reich geworden», entgegnete der Vater. «Kunden sind dazu da, dass man sie über den Löffel balbiert.»

Herr Wurmwald war ein kleiner Kerl, der wie eine Ratte aussah und Raffzähne unter seinem dünnen rattenhaarigen Schnurrbart hatte. Er bevorzugte groß karierte Jacketts in schreienden Farben und hatte eine Leidenschaft für Krawatten in Gelb oder Blassgrün. «Und dann zum Beispiel der Kilometerzähler», fuhr er fort. «Jeder, der einen Gebrauchtwagen kauft, will zuerst wissen, wie viel Kilometer er auf dem Buckel hat. Stimmt's?»

«Stimmt», sagte der Sohn.

«Ich kaufe also eine alte Rostlaube, die ungefähr hundertfünfzigtausend auf dem Buckel hat. Die krieg ich billig. Aber mit so einem Kilometerstand kauft sie mir keiner ab, oder? Und heutzutage kann man den Kilometerzähler leider nicht mehr wie vor zehn Jahren einfach ausbauen und an den Zahlen rumfummeln. Die stehen sturmfest wie Eichen, hat gar keinen Sinn, damit die Zeit zu vertrödeln, außer du bist so 'n verflixter Uhrmacher oder so was Ähnliches. Also, was kann ich da machen? Ich benutz meinen Hirnkasten, mein Junge, das ist es.»

«Wie?», fragte der junge Michael gespannt.

Er schien die väterliche Vorliebe für krumme Dinger geerbt zu haben.

«Ich setz mich hin und frage mich, wie kann ich einen Kilometerstand von einhundertfünfzigtausend so in nur zehntausend verwandeln, ohne dass ich den Zähler auseinander nehmen muss? Also, wenn ich den Wagen lange genug rückwärts laufen ließe, dann müsst es wohl klappen, liegt doch klar auf der Hand, nicht? Aber wer würde denn so eine verdammte Karre tausend und abertausend Kilometer rückwärts fahren? Das geht doch gar nicht.»

«Nee, das geht nicht», stimmte der junge Michael zu.

«Also hab ich mich am Kopf gekratzt», fuhr der Vater fort, «und hab meinen Hirnkasten angestrengt. Wenn einem so ein schlauer Kopf gegeben ist, wie ich ihn hab, dann muss man ihn auch nutzen. Und plötzlich hab ich die Antwort gehabt. Ich kann dir sagen, ich hab mich genauso gefühlt, wie sich dieser andere schlaue Kerl gefühlt haben muss, als er das Penicillin entdeckt hat. Eureka!, hab ich geschrien. Ich hab's!»

«Und was hast du gemacht, Vati?», fragte ihn der Sohn.

«Der Kilometerzähler», erklärte Herr Wurmwald, «hängt an einem Kabel, das mit einem der Vorderräder verbunden ist. Ich hab deshalb als Erstes das Kabel da abgeklemmt, wo es am Vorderrad sitzt. Als Nächstes hab ich mir eine von diesen Bohrmaschinen besorgt, und dann hab ich das Kabel so an den Bohrer angeschlossen, dass es rückwärts läuft, wenn sich der Bohrer dreht. Kapiert? Kannste mir so weit folgen?»

«Ja, Vati», antwortete der junge Michael.

«Diese Bohrmaschinen laufen ja mit enormer Geschwindigkeit», sagte der Vater. «Wenn ich den Bohrer also anschalte, dann rasen die Zahlen wie wahnsinnig zurück. Mit meiner Superbohrmaschine hau ich dir fünfzigtausend Kilometer im Handumdrehen weg. Und am Ende hat die Karre nur zehntausend drauf und ist fix und fertig für den Verkauf. Sie ist so gut wie neu, sag ich dem Kunden, keine zehntausend gelaufen. Hat einer alten Dame gehört, die damit nur einmal in der Woche zum Einkaufen gefahren ist.»

«Kannst du den Kilometerstand wirklich mit einer Bohrmaschine zurückdrehen?», fragte der junge Michael.

«Ich verrate dir Geschäftsgeheimnisse», antwortete der Vater. «Lass dir nur ja nicht einfallen, mit wem anders drüber zu reden. Du willst mich doch nicht ins Kittchen bringen, oder?»

«Keiner Seele werd ich davon erzählen», sagte der Junge. «Haste das mit vielen Wagen gemacht, Vati?»

«Jeder einzelnen Karre, die durch meine Hände geht, verpass ich die Behandlung», erwiderte der Vater. «Eh sie zum Verkauf angeboten werden, frisier ich ihnen den Kilometerstand auf unter zehn. Wenn ich nur daran denke, dass ich das ganz allein erfunden habe!», setzte er stolz hinzu. «Es hat mich steinreich gemacht.»

Matilda, die genau zugehört hatte, sagte: «Aber Vati, das ist ja sogar noch unehrlicher als das mit dem Sägemehl. Es ist gemein. Du betrügst Leute, die dir vertrauen.»

«Wenn's dir nicht passt, brauchst du in diesem Hause nichts mehr zu essen», sagte der Vater, «alles ist von dem Profit gekauft.»

«Von schmutzigem Geld», sagte Matilda, «widerlich.»

Auf den Wangen des Vaters tauchten zwei rote Flecken auf. «Verflucht noch mal, was bildest du dir denn ein, wer du bist», schrie er, «der Erzbischof von Canterbury vielleicht, der mir 'ne Predigt über Ehrlichkeit hält? Du bist nichts als ein dummes kleines Fräulein Naseweis, und du hast keinen Schatten einer Ahnung, wovon du redest!»

«Vollkommen richtig, Harry», sagte die Mutter, und zu Matilda: «Sei nicht so frech zu deinem Vater. Und jetzt klapp deinen vorlauten Mund zu, damit wir in Ruhe fernsehen können.»

Sie saßen im Wohnzimmer und aßen ihr Abendbrot vor dem Fernsehapparat. Es bestand aus einem Fernsehmenü in wabbeligen Aluminiumbehältern mit verschieden großen Abteilungen für das gekochte Fleisch, die Salzkartoffeln und die Erbsen.

Frau Wurmwald mampfte die Mahlzeit ohne die Augen vom Bildschirm und der amerikanischen Familienserie zu lösen. Sie war eine große Frau, deren Haare wasserstoffblond gefärbt waren, bis auf den Ansatz, der wieder mausbraun aus den Wurzeln wuchs. Sie war stark geschminkt und hatte eine dieser unglücklichen auseinander laufenden Figuren, bei denen das Fleisch irgendwie an den Körper geschnallt zu sein scheint, damit er nicht auseinander fällt.

«Mami», sagte Matilda, «darf ich mit meinem Abendbrot ins Esszimmer gehen, damit ich lesen kann?»

Der Vater warf ihr einen strengen Blick zu. «Kommt nicht infrage!», schnauzte er sie an. «Beim Abendbrot versammelt sich die ganze Familie, und vorm letzten Bissen verlässt keiner den Tisch!»

«Aber wir sitzen ja gar nicht am Tisch», erwiderte Matilda, «das tun wir doch nie. Wir essen immer von den Knien und sehen fern.»

«Und was hast du dagegen? Würdest du mir das vielleicht einmal verraten?», fragte der Vater. Seine Stimme klang plötzlich sanft und gefährlich.

Matilda traute sich nicht, ihm zu antworten, deshalb hielt sie den Mund. Sie spürte aber, wie der Zorn in ihr kochte. Sie wusste, dass es nicht recht war, seine Eltern so zu hassen, aber es fiel ihr sehr schwer, es nicht zu tun. Ihre Lektüre hatte ihr Einblicke ins Leben vermittelt, die ihre Eltern nie gewonnen hatten. Wenn sie nur ein bisschen Dickens oder Kipling läsen, dann würden sie rasch verstehen, dass das Leben aus mehr besteht als aus Gaunertricks und Fernsehen.

Und noch etwas. Sie konnte es nicht ausstehen, wenn man ihr unaufhörlich einredete, sie sei dumm und dämlich, obgleich sie genau wusste, dass sie keins von beiden war. Die Wut in ihrem Bauch hörte nicht auf zu kochen, und als sie an diesem Abend glücklich im Bett lag, fasste sie einen Entschluss. Jedes Mal wenn ihr Vater oder ihre Mutter gemein zu ihr waren, wollte sie es ihnen auf irgendeine Art und Weise heimzahlen. Ein kleiner Sieg, vielleicht sogar zwei mussten ihr helfen, den elterlichen Schwachsinn zu ertragen, ohne den Verstand zu verlieren. Ihr dürft nicht vergessen, sie war erst knapp fünf Jahre alt, und für eine so Kleine ist es nicht leicht, zu Pluspunkten gegen die allmächtigen Erwachsenen zu kommen. Sie war aber trotzdem entschlossen, den Versuch zu wagen. Nach dem, was an diesem Abend vorm Fernsehapparat geschehen war, stand ihr Vater zuoberst auf der Liste.

Der Hut und
der Sekundenkleber

Am nächsten Morgen huschte Matilda, kurz bevor der Vater zu seiner widerwärtigen Gebrauchtwagenwerkstatt aufbrach, in die Garderobe und nahm sich den Hut, den er täglich zur Arbeit trug. Um ihn vom Haken zu angeln, musste sie sich auf die Zehenspitzen stellen und einen Spazierstock zu Hilfe nehmen, und selbst so hätte sie es fast nicht geschafft. Der Hut war einer von diesen flachen weichen, die wie eine Schweinefleischpastete aussehen. Herr Wurmwald war sehr stolz darauf und hatte sich eine Eichelhäherfeder hinters Hutband gesteckt. Er fand, dass ihm der Hut ein verwegenes und kühnes Aussehen verlieh, besonders wenn er ihn sich zu seiner groß karierten Jacke und seiner gelben Krawatte schief auf den Kopf setzte.

Matilda hielt den Hut in der einen und eine dünne Tube Sekundenkleber in der anderen Hand und begann, den Kleber in einer feinen Wurst säuberlich und präzise innen aufs Schweißleder zu quetschen. Dann hängte sie den Hut mit Hilfe des Spazierstocks wieder vorsichtig auf den Haken. Sie hatte sich den Zeitpunkt dieser Operation sehr genau ausgerechnet, den Klebstoff also erst in dem Augenblick aufgetragen, in dem der Vater vom Frühstückstisch aufstand.

Als sich Herr Wurmwald den Hut aufsetzte, merkte er gar nichts. Aber als er in der Garage war, konnte er ihn nicht abnehmen. Sekundenkleber wirkt rasch und klebt Hautteile in Sekunden fest. Wenn man dann zu kräftig zerrt, reißt man sich die Haut ab. Herr Wurmwald wollte nicht gern skalpiert werden, und deshalb musste er den Hut den ganzen Tag auf dem Kopf behalten, selbst als er Sägemehl ins Schmieröl mengte und mit seiner Bohrmaschine den Kilometerstand der Wagen frisierte. Um sich nicht lächerlich zu machen, zog er ein gleichgültiges Gesicht und hoffte, seine Angestellten glaubten, dass er den Hut aus Jux und mit voller Absicht den ganzen Tag lang auf dem Kopf behielte, so wie die Gangster in Filmen.

Als er am Abend nach Hause kam, konnte er den Hut immer noch nicht abnehmen. «Sei nicht albern», sagte seine Frau, «komm her. Ich setz ihn dir ab.»

Sie riss einmal kräftig an dem Hut. Herr Wurmwald jaulte so laut auf, dass die Fensterscheiben klirrten. «Aua, au, au, au!», heulte er. «Lass das! Lass los! Du reißt mir ja die halbe Haut von der Stirn!»

Matilda, die es sich in ihrem angestammten Sessel gemütlich gemacht hatte, beobachtete dieses Ereignis mit einer gewissen Anteilnahme über den Rand ihres Buches hinweg.

«Was ist denn los, Vati?», fragte sie. «Ist dir dein Schädel geschwollen oder was?»

Der Vater starrte die Tochter mit mörderischem Misstrauen an, gab aber keine Antwort. Was hätte er auch sagen sollen? Frau Wurmwald bemerkte: «Das muss Schnellkleber sein. Kann gar nichts anderes sein. Das sollte dich lehren, mit diesem scheußlichen Zeugs vorsichtiger umzugehen. Wahrscheinlich hast du dir noch eine Feder an den Hut stecken wollen.»

«Ich hab das verdammte Zeug nicht angerührt!»,

brüllte Herr Wurmwald. Er drehte sich um und starrte abermals Matilda an, die seinen Blick mit großen unschuldigen braunen Augen erwiderte.

Frau Wurmwald sagte zu ihm: «Man sollte immer zuerst die Gebrauchsanweisung auf der Tube lesen, eh man anfängt, mit so gefährlichen Sachen herumzuwirtschaften. Man braucht sich nur an die Gebrauchsanweisungen zu halten.»

«Wovon schwafelst du denn, verflixt nochmal, du dumme Kuh?», schrie Herr Wurmwald und packte die Krempe seines Hutes, damit keiner mehr daran zerren konnte. «Hältst du mich für so blöde, dass ich mir dieses Ding mit Absicht auf den Kopf klebe?»

Matilda sagte: «Da unten an der Straße wohnt ein Junge, der hat ein bisschen Sekundenkleber an den Finger gekriegt, ohne es zu merken, und dann hat er den Finger in die Nase gesteckt.»

Herr Wurmwald fuhr zusammen. «Und was ist mit ihm passiert?», stotterte er.

«Der Finger ist in seiner Nase festgeklebt», antwortete Matilda, «und er hat eine Woche lang so herumlaufen müssen. Die Leute haben immer zu ihm gesagt: Bohr doch nicht in der Nase, aber er konnte nichts dran machen. Er hat schrecklich albern ausgesehen.»

«Geschieht ihm recht», sagte Frau Wurmwald, «warum hat er auch den Finger in die Nase gesteckt. Das ist eine hässliche Angewohnheit. Wenn alle Kinder Sekundenkleber an den Fingern hätten, würden sie bald damit aufhören.»

Matilda sagte: «Erwachsene tun das aber auch, Mami. Ich hab gestern in der Küche gesehen, wie du in der Nase gebohrt hast.»

«Das reicht jetzt», sagte Frau Wurmwald und lief rosa an.

Herr Wurmwald musste seinen Hut während des Abendessens vorm Fernsehapparat aufbehalten. Er sah lächerlich aus, und er verhielt sich ziemlich still.

Als er hinaufging, um schlafen zu gehen, versuchte er abermals, das Ding loszuwerden, und seine Frau versuchte es ebenfalls, aber der Hut dachte gar nicht daran, sich auch nur zu rühren. «Wie soll ich mich denn duschen?», fragte Herr Wurmwald.

«Das musst du eben lassen, was denn sonst», sagte seine Frau. Und später, während sie ihren klapprigen kleinen Mann in seinem lila gestreiften Pyjama mit dem Pastetenhut auf dem Kopf trübselig durch das Schlafzimmer schleichen sah, fiel ihr auf, wie einfältig er aussah. Kaum einer von den Männern, von denen eine Ehefrau träumt, gestand sie sich ein.

Herrn Wurmwald fiel jedoch auf, dass das Schlimmste an einem Dauerhut auf dem Kopf die Notwendigkeit war, damit schlafen zu müssen. Es war unmöglich, sich gemütlich aufs Kissen zu legen. «Gib endlich Ruhe», sagte seine Frau, nachdem er sich ungefähr eine Stunde lang hin und her geworfen hatte. «Morgen früh ist er sicher lose, und dann rutscht er dir ganz leicht ab.»

Nichts war am Morgen lose, und nichts rutschte ganz leicht ab. Deshalb nahm Frau Wurmwald eine Schere und schnitt ihm das Ding vom Schädel, Stück für Stück, zuerst den Deckel und dann die Krempe. Wo ihm das Schweißband an den Schläfen und am Hinterkopf festklebte, musste sie ihm die Haare dicht über der Haut stutzen, sodass er zum Schluss mit einem kahlen weißen Kranz um den Kopf dasaß wie ein Mönch. Vorn jedoch, wo das Schweißband direkt auf der nackten Haut klebte, blieben eine ganze Reihe von kleinen Lederflecken haften, die sich nicht abwaschen ließen, sooft er es auch versuchte.

Beim Frühstück sagte Matilda zu ihm: «Du musst wirklich versuchen, diese Flecken von deiner Stirn zu kriegen, Vati. Jetzt sieht das so aus, als ob lauter kleine braune Insekten auf dir herumkrabbeln. Die Leute werden denken, du hättest Läuse.»

«Still!», fuhr sie der Vater an. «Und halt deinen vorlauten Mund gefälligst geschlossen, verstanden!»

Alles in allem ein höchst befriedigendes Probeunternehmen. Aber es wäre sicher vermessen, sich jetzt schon der Hoffnung hinzugeben, der Vater hätte eine dauerhafte Lehre daraus gezogen.

Das Gespenst

Nach der Sache mit dem Schnellkleber herrschte bei den Wurmwalds ungefähr eine Woche lang ein gemäßigter Frieden. Diese Erfahrung hatte Herrn Wurmwald ganz offensichtlich einen Dämpfer verpasst, und er schien vorübergehend seine Vorliebe fürs Angeben und Anschnauzen verloren zu haben.

Dann schlug er plötzlich wieder zu. Vielleicht hatte er einen schlechten Tag in der Werkstatt gehabt und nicht genug Rostlauben verkauft. Es gibt vielerlei Kleinigkeiten, die einen Mann nervös machen, wenn er abends von der Arbeit nach Hause kommt, und eine kluge Frau spürt meistens die Sturmsignale und lässt ihn in Ruhe, bis er nur noch leise blubbert.

Als Herr Wurmwald an diesem betreffenden Abend aus seiner Garage nach Hause kam, dräute sein Antlitz düster wie eine Gewitterwolke, und es war klar, dass es ziemlich bald jemandem an den Kragen gehen würde. Seine Frau erkannte die Alarmzeichen sofort und machte sich dünn. Er aber schlenderte ins Wohnzimmer. Dort hatte sich Matilda gerade in dem Lehnsessel in der Ecke eingerollt und war vollkommen in ein Buch versunken. Herr Wurmwald stellte den Fernsehapparat an. Der Bildschirm wurde hell. Die Sendung plärrte los. Herr Wurmwald starrte Matilda an. Sie hatte sich nicht einmal geregt. Sie hatte sich unterdessen angewöhnt, ihre Ohren vor dem Getöse der Glotze vollkommen zu versperren. Sie las also einfach weiter, und aus einem unerklärlichen Grunde versetzte das ihren Vater in helle Wut. Vielleicht nährte es seinen Ärger noch, dass er sah, wie sie aus etwas Vergnügen gewann, das seinen Horizont überstieg.

«Musst du denn immerzu lesen?», fuhr er sie an.

«Oh, hallo Vati», sagte sie freundlich, «hast du einen guten Tag gehabt?»

«Was ist das denn für ein Mist?», fragte er und riss ihr das Buch aus den Händen.

«Das ist kein Mist, Vati, das ist schön. Es heißt ‹Der rote Pony›, von John Steinbeck, einem amerikanischen Schriftsteller: Warum schaust du nicht einmal hinein, es würde dir gefallen.»

«Dreck», sagte Herrn Wurmwald. «Wenn es von einem Ami stammt, ist es ganz bestimmt Dreck. Über was anderes schreiben die gar nicht.»

«Nein, Vati, es ist schön, ganz ehrlich. Es handelt von …»

«Ich will nicht wissen, wovon es handelt», bellte Herr Wurmwald. «Deine ewige Leserei geht mir sowieso schon auf den Wecker. Such dir doch endlich eine nützliche Beschäftigung.» Damit begann er plötzlich in rasender Geschwindigkeit, die Seiten, immer eine ganze Hand voll auf einmal, aus dem Buch zu reißen und sie in den Papierkorb zu schmeißen.

Matilda erstarrte vor Schreck. Der Vater wütete weiter, ganz ohne Frage von einer unbestimmten Eifersucht getrieben. Wie konnte sie es wagen, schien er bei jedem Rausriss einer Seite zu fragen, wie konnte sie es wagen, sich beim Bücherlesen zu amüsieren, wenn er nicht dazu imstande war? Wie konnte sie es nur wagen?

«Das ist ein *Bücherei*buch!», schrie Matilda. «Es gehört mir nicht. Ich muss es Frau Phelps zurückgeben!»

«Dann wirst du ein neues kaufen müssen, nicht wahr?», entgegnete der Vater und riss und riss die Seiten raus. «Du wirst dein Taschengeld aufheben müssen, bis du genug in der Sparbüchse hast, um deiner kostbaren Frau Phelps ein neues zu kaufen, nicht wahr?» Damit ließ er den unterdessen leeren Einband des Buches in den Papierkorb fallen und marschierte aus dem Zimmer, in dem der Fernsehapparat weiter lärmte.

Die meisten Kinder wären jetzt an Matildas Stelle in wahre Tränenschauer ausgebrochen. Sie dachte jedoch gar nicht daran. Sie saß vollkommen reglos und blass und nachdenklich da. Sie schien genau zu begreifen, dass ihr weder Trotz noch Geheul etwas einbrachten. Die einzige vernünftige Reaktion auf einen Angriff ist, wie Napoleon einmal sagte, zurückzuschlagen. Matildas wunderbar wendiger Geist war schon damit beschäftigt, eine neue passende Bestrafung für dieses gemeingefährliche Elternteil zu entwerfen. Der Plan, den sie jetzt in ihrem Kopf auszubrüten begann, hing nur von der Frage ab, ob Freds Papagei tatsächlich so perfekt sprechen konnte, wie Fred behauptete.

Fred war Matildas Freund. Er war ein kleiner Junge von sechs Jahren, der eben um die Ecke wohnte, und seit Tagen hatte er von nichts anderem als von diesem großen sprechenden Papagei geredet, den ihm sein Vater geschenkt hatte. Sowie also Frau Wurmwald am kommenden Nachmittag mit ihrem Wagen zur nächsten Bingorunde verschwunden war, brach auch Matilda auf, um in Freds Haus die Lage zu klären. Sie klopfte an seine Tür und fragte, ob er so gut sein und ihr den berühmten Vogel zeigen könne. Fred war entzückt und führte sie hinauf in sein Schlafzimmer, wo ein wirklich prachtvoller blaugelber Papagei in einem großen Käfig saß.

«Das ist er», verkündete Fred, «er heißt Hacker.»

«Lass ihn sprechen», sagte Matilda.

«Man kann ihn nicht sprechen lassen», entgegnete Fred, «man muss geduldig sein. Er redet, wenn er Lust dazu hat.»

Sie hingen also herum und warteten. Plötzlich sagte der Papagei: «Hallo, hallo, hallo!» Es klang genau wie eine Menschenstimme. Matilda sagte: «Das ist erstaunlich. Was kann er noch sagen?»

«Da klappern mir die Knochen!», sagte der Papagei, wobei er ganz schauerlich eine Geisterstimme nachahmte. «Da klappern mir die Knochen!»

«Das sagt er immer», erklärte Fred.

«Was kann er noch sagen?», erkundigte sich Matilda.

«Das wär's eigentlich», antwortete Fred, «aber das ist doch doll, findest du nicht?»

«Das ist fabelhaft», sagte Matilda. «Kannst du ihn mir für eine einzige Nacht leihen?»

«Nein», entgegnete Fred, «ganz ausgeschlossen.»

«Für mein Taschengeld von nächster Woche», sagte Matilda.

Das klang schon anders. Fred dachte ein paar Sekunden darüber nach. «Na, also gut», sagte er, «wenn du mir versprichst, dass du ihn morgen zurückbringst.»

Matilda wankte, den großen Käfig mit beiden Armen umklammernd, zu ihrem eigenen leeren Haus zurück. Im Esszimmer gab es einen großen Kamin, und sie schickte sich jetzt an, den Käfig in die Esse hinaufzustemmen, sodass man ihn nicht mehr sehen konnte. Das war nicht ganz einfach, aber schließlich schaffte sie es. «Hallo, hallo, hallo!», kreischte der Vogel zu ihr hinunter. «Hallo!»

«Halt den Schnabel, du Idiot!», sagte Matilda, und dann ging sie hinaus, um sich den Ruß von den Händen zu waschen.

Während an diesem Abend die Mutter, der Vater, der Bruder und Matilda wie üblich im Wohnzimmer vor dem Fernsehapparat zu Abend aßen, klang eine Stimme laut und klar aus dem Esszimmer jenseits der Halle. «Hallo, hallo, hallo!», sagte sie.

«Harry!», rief die Mutter und wurde schneeweiß. «Es ist jemand im Haus! Ich hab eine Stimme gehört!»

«Ich auch!», sagte der Bruder. Matilda sprang auf und schaltete den Fernsehapparat aus. «Pst!», machte sie. «Hört doch!»

Sie hörten alle auf zu essen und saßen gebannt und mit gespitzten Ohren da.

«Hallo, hallo, hallo!», erklang die Stimme abermals.

«Da, wieder!», rief der Bruder.

«Das sind Einbrecher!», zischte die Mutter. «Sie sind im Esszimmer!» – «Das denk ich auch», sagte der Vater, der still und starr dasaß.

«Dann geh doch hin und fang sie, Harry!», drängte die Mutter. «Lauf rüber und ertappe sie auf frischer Tat!»

Der Vater rührte sich nicht. Er schien sich keineswegs beeilen und hinüberstürzen und ein Held sein zu wollen. Sein Gesicht hatte eine graue Farbe angenommen.

«Mach doch, los!», zischte die Mutter. «Sie wollen wahrscheinlich das Silber stehlen!»

Der Ehemann wischte sich nervös mit der Serviette über den Mund. «Warum gehen wir nicht alle hinüber und schauen nach?», fragte er.

«Na, dann los», sagte der Bruder. «Los, Mami.»

«Sie sind totensicher im Esszimmer», wisperte Matilda.

Die Mutter packte den Schürhaken vom Kamin. Der Vater griff nach einem Golfschläger, der in einer Ecke lehnte. Der Bruder schnappte sich die Tischlampe und riss den Stecker aus der Wand. Matilda nahm das Messer, mit dem sie gegessen hatte, und so schlichen sich die vier zur Tür des Esszimmers, wobei sich der Vater gehörig hinter den anderen hielt.

«Hallo, hallo, hallo!», erklang die Stimme wieder.

«Los!», schrie Matilda und stürmte in das Zimmer, wobei sie mit ihrem Messer in der Luft herumfuchtelte. «Hände hoch!», schrie sie. «Wir haben euch erwischt!»

Die anderen folgten ihr und schwangen ihre Waffen. Dann hielten sie inne. Sie starrten in alle Ecken. Niemand war da.

«Hier ist keiner», stellte der Vater sehr erleichtert fest.

«Ich hab ihn aber gehört, Harry!», schrie die Mutter, die immer noch am ganzen Leibe zitterte. «Ich hab doch seine Stimme gehört! Ganz genau! Und du auch!»

«Sicher, ich hab ihn gehört!», rief Matilda. «Er muss hier noch irgendwo sein!» Sie begann hinter dem Sofa und hinter den Gardinen rumzustöbern.

Dann erklang die Stimme noch einmal, diesmal ganz weich und geisterhaft. «Da klappern mir die Knochen», sagte sie. «Da klappern mir die Knochen.»

Sie zuckten alle zusammen, auch Matilda, die eine recht gute Schauspielerin war. Sie suchten den ganzen Raum mit den Augen ab. Immer noch war keiner da.

«Das ist ein Gespenst», sagte Matilda.

«Der Himmel steh uns bei!», kreischte die Mutter und klammerte sich am Hals ihres Mannes fest.

«Ich weiß genau, dass es ein Gespenst ist!», sagte Matilda. «Ich hab es hier schon mal gehört. Das ist ein Gespensterzimmer. Ich dachte, ihr hättet das gewusst.»

«Hilf Himmel!», schrie die Mutter und erdrosselte fast ihren Gatten.

«Ich will hier raus», sagte der Vater, aschgrauer denn je. Sie stürzten in wilder Flucht hinaus und schlugen die Tür hinter sich zu.

Am nächsten Nachmittag gelang es Matilda, einen ziemlich verrußten und mürrischen Papagei wieder aus dem Kamin zu zerren und ungesehen aus dem Haus zu schaffen. Sie schleppte ihn durch die Hintertür und rannte mit ihm die ganze Strecke bis zu Freds Haus.

«Hat er sich gut benommen?», fragte Fred.

«Es war eine reizende Visite», antwortete Matilda, «meine Eltern waren ganz hin.»

Arithmetik

Matilda wünschte sich sehnlichst, dass ihre Eltern gütig und liebevoll und verständnisvoll und ehrenwert und intelligent wären. Die Tatsache, dass sie keine von diesen Eigenschaften besaßen, machte ihr schwer zu schaffen. Es fiel ihr nicht leicht, sich damit abzufinden. Aber das neue Spiel, das sie sich ausgedacht hatte, um einen oder beide jedes Mal zu bestrafen, wenn sie gemein zu ihr gewesen waren, machte ihr das Leben mehr oder weniger erträglich.

Weil sie noch sehr klein und sehr jung war, bestand die einzige Macht, die Matilda in ihrer Familie ausüben konnte, in der ihres Geistes. Mit Hilfe schierer Schlauheit konnte sie die Puppen tanzen lassen. Aber trotzdem war nicht an der Tatsache zu rütteln, dass jedes fünfjährige Mädchen in jeder Familie gehorchen und das tun muss, was ihr die anderen sagen, wie idiotisch diese Anordnungen auch sein mögen. So war sie immer gezwungen, ihr Abendbrot von Fernsehtellern aus Aluminium vor der Glotze zu verzehren. An Wochentagen musste sie nachmittags immer allein bleiben, und wenn ihr jemand befahl, den Mund zu halten, so musste sie schweigen.

Vor der Verlockung, sich aufzugeben, rettete sie nur das Vergnügen, das sie empfand, wenn sie sich diese herrlichen Strafen ausdachte und austeilte, und das Schönste war, dass sie zu wirken schienen. Wenigstens für kurze

Zeit. Besonders der Vater führte sich nach einer Portion von Matildas Wundermedizin ein paar Tage lang sehr viel weniger aufgeblasen und unerträglich auf.

Die Geschichte mit dem Papagei im Kamin hatte ganz entschieden beide Eltern abgekühlt, und über eine Woche lang behandelten sie ihre kleine Tochter verhältnismäßig normal. Aber ach, das war nicht von Dauer. Der nächste Ausbruch erfolgte eines Abends im Wohnzimmer. Herr Wurmwald war gerade von der Arbeit heimgekehrt. Matilda und ihr Bruder saßen gemütlich im Sofa und warteten darauf, dass die Mutter die TV-Mahlzeiten auf einem Tablett hereinbrachte. Die Glotze lief noch nicht.

Herein trat Herr Wurmwald in seinem grell karierten Anzug mit einer gelben Krawatte. Die auffallend breiten orange und grünen Karos des Jacketts und der Hosen blendeten den Betrachter fast. Herr Wurmwald sah wie ein letztklassiger Buchmacher aus, der sich für die Hochzeit seiner Tochter fein gemacht hat, und an diesem Abend platzte er fast vor Selbstgefälligkeit. Er setzte sich in einen Sessel, rieb sich die Hände und redete seinen Sohn mit erhobener Stimme an.

«Also, mein Junge», sagte er, «dein Vater hat einen höchst erfolgreichen Tag hinter sich. Heute Abend ist er ein gutes Stück reicher, als er heute früh war. Er hat nicht weniger als fünf Autos verkauft, jedes mit einem sauberen Profit. Sägemehl im Getriebe, Bohrmaschine am Kilometerkabel, hie und da ein Klacks Farbe und noch ein paar schlaue kleine Tricks, und schon drängeln sich die Idioten an der Kasse.»

Er zog ein Stück Papier aus der Tasche und studierte es. «Hör zu, Junge», sagte er, indem er sich nur an den Sohn wandte und Matilda übersah, «da du ja eines Tages den

39

Laden zusammen mit mir führen wirst, musst du allmählich lernen, wie man sich am Ende jeden Tages den Verdienst ausrechnet. Hol dir mal einen Block und einen Bleistift, dann wollen wir mal sehen, wie viel Grips du schon hast.»

Der Sohn lief gehorsam aus dem Zimmer und kam mit den Schreibsachen zurück.

«Notier dir diese folgenden Zahlen», sagte der Vater, der sie von seinem Zettel ablas. «Wagen Nummer eins ist von mir für zweihundertachtundsiebzig Pfund gekauft und für eintausendvierhundertundfünfundzwanzig verkauft worden. Hast du das?»

Der zehnjährige Junge schrieb die beiden Summen langsam und sorgfältig auf.

«Wagen Nummer zwei», fuhr der Vater fort, «hat mich einhundertachtzehn Pfund gekostet und ist für siebenhundertundsechzig weggegangen. Hast du das?»

«Ja, Vati», antwortete der Sohn, «ich hab's.»

«Wagen Nummer drei hat einhundertundelf Pfund gekostet und ist für neunhundertundneunundneunzig Pfund und fünfzig Pence verkauft worden.»

«Sag das noch mal», bat der Sohn, «für wie viel hast du ihn verkauft?»

«Neunhundertundneunundneunzig Pfund und fünfzig Pence», wiederholte der Vater. «Das ist übrigens noch einer von meinen netten kleinen Tricks, mit denen ich die Kunden reinlege. Nie eine fette runde Summe verlangen. Immer grade drunter bleiben. Niemals eintausend Pfund aussprechen, immer nur sagen neunhundertundneunundneunzig fünfzig. Es klingt nach viel weniger, was aber nicht stimmt. Gerissen, was?»

«Toll», sagte der Sohn, «du bist klug, Vati.»

«Wagen Nummer vier hat sechsundachtzig Pfund ge-kostet – war ein wahres Wrack – und ist für sechshun-dertundneunundneunzig Pfund fünfzig verkauft wor-den.»

«Nicht so schnell», sagte der Sohn, während er sich die Zahlen aufschrieb. «So, jetzt hab ich's.»

«Wagen Nummer fünf hat sechshundertundsieben-unddreißig Pfund gekostet und ist für sechzehnhundert-undneunundvierzig fünfzig verkauft worden. Hast du jetzt all diese Zahlen aufgeschrieben, Sohn?»

«Ja, Vati», erwiderte der Sohn, der sich über seinen Block beugte und bedächtig schrieb.

«Sehr gut», fuhr der Vater fort, «jetzt rechne dir den Profit aus, den ich bei jedem der fünf Wagen gemacht habe, und addier dann die Gesamtsumme. Dann kannst du mir nämlich sagen, wie viel Geld dein ziemlich kluger Vater heute insgesamt zusammengescharrt hat.»

«Das ist aber eine ganze Masse», bemerkte der Junge.

«Natürlich ist das eine ganze Masse», antwortete der Vater, «aber wenn du so groß im Geschäft bist wie ich, dann musst du auch flink in Arithmetik sein. Ich hab praktisch einen Computer in meinem Kopf. Ich hab nicht mal zehn Minuten gebraucht, um das alles auszurech-nen.»

«Willst du damit sagen, dass du es im Kopf ausgerech-net hast, Vati?», fragte der Sohn und riss die Augen auf.

«Na, nicht ganz», sagte der Vater, «das schafft keiner. Aber lange hab ich nicht gebraucht. Wenn du fertig bist, dann sag mir, was ich deiner Meinung nach heute ver-dient habe. Ich hab die Endsumme hier aufgeschrieben, und ich werd dir sagen, ob du richtig gerechnet hast.»

Matilda sagte ruhig: «Vati, du hast genau insgesamt

viertausenddreihundertunddrei Pfund und fünfzig Pence verdient.»

«Misch dich nicht ein», sagte der Vater, «dein Bruder und ich sind mit der Hochfinanz beschäftigt.»

«Aber Vati …»

«Halt die Klappe», sagte der Vater, «hör auf, rumzuraten und dich aufzuspielen.»

«Schau doch auf deinen Zettel, Vati», sagte Matilda sanft, «wenn du richtig gerechnet hast, müsste da stehen: viertausenddreihundertunddrei Pfund und fünfzig Pence. Hast du das auch rausgekriegt, Vati?»

Der Vater warf einen Blick auf den Zettel in seiner Hand. Er schien zu erstarren. Er wurde ganz still. Tiefes Schweigen herrschte. Dann sagte er: «Wiederhol das noch einmal.»

«Viertausenddreihundertunddrei Pfund fünfzig», sagte Matilda.

Abermals ein tiefes Schweigen. Das Gesicht des Vaters begann dunkelrot anzulaufen.

«Ich bin sicher, dass es stimmt», sagte Matilda.

«Du – du kleine Schwindlerin!», schrie der Vater plötzlich und zeigte mit dem Finger auf sie. «Du hast auf meinen Zettel geguckt! Du hast das abgelesen, was ich mir hier aufgeschrieben habe!»

«Vati, ich bin in der anderen Hälfte des Zimmers», sagte Matilda, «wie hätte ich das denn sehen können?»

«Red dich jetzt nicht raus!», rief der Vater. «Natürlich hast du geguckt. Du musst geguckt haben. Kein Mensch auf der Welt könnte das einfach so ausrechnen, besonders kein Mädchen. Du bist eine kleine Betrügerin, meine Dame, das will ich dir mal sagen! Ja, das kannst du – lügen und betrügen!

In diesem Augenblick trat die Mutter ein, die ein großes Tablett mit den vier Abendessen trug. Diesmal waren es Fisch und Fritten, die Frau Wurmwald auf dem Heimweg vom Bingo in einer Bude gekauft hatte. Die Bingonachmittage schienen sie körperlich und seelisch so zu erschöpfen, dass sie keine Kraft mehr hatte, ein Abendessen zu kochen. Wenn es also keine TV-Mahlzeiten gab, dann Fisch und Fritten.

«Warum hast du denn so ein rotes Gesicht, Harry?», fragte sie, während sie das Tablett auf dem Couchtisch absetzte.

«Deine Tochter lügt und betrügt», sagte der Vater, nahm sich seinen Teller mit Fisch und stellte ihn auf die Knie. «Schalte den Apparat an und hör auf mit dem Geschwatze.»

Der wasserstoffblonde Mann

Nach Matildas Meinung gab es gar keinen Zweifel daran, dass ihr Vater für seine jüngste Gemeinheit streng bestraft werden musste, und während sie dasaß und ihren grässlichen Fisch mit den Fritten futterte und dabei Augen und Ohren vorm Fernsehen verschloss, begann ihr Verstand, die verschiedenen Möglichkeiten durchzuspielen. Als es dann für sie Zeit war, ins Bett zu gehen, war sie zu einem Entschluss gekommen.

Am nächsten Morgen stand sie frühzeitig auf, ging ins Badezimmer und verschloss die Tür. Wie wir ja schon wissen, waren Frau Wurmwalds Haare leuchtend blond gefärbt, fast genauso glitzernd und silbrig wie das Kostüm einer Seiltänzerin im Zirkus. Das richtige Haarfärben fand zweimal im Jahr beim Friseur statt, aber Frau Wurmwald pflegte in der Zwischenzeit ungefähr alle vier Wochen einmal die Farbe aufzufrischen, indem sie sich die Haare im Waschbecken mit etwas spülte, das «Goldblonde Haarfarbe, extra stark» hieß. Diese Prozedur diente dazu, die hässlichen nachwachsenden braunen Haaransätze zu bleichen. Die Flasche mit der goldblonden Haarfarbe, extra stark, wurde im Badezimmer aufbewahrt, und auf dem Etikett stand unterhalb der Bezeichnung: *Achtung! Enthält Wasserstoffsuperoxyd. Von Kindern fern halten.* Das hatte Matilda schon oft und fasziniert gelesen.

Matildas Vater besaß einen kräftigen Haarwuchs und scheitelte sich die schwarzen Haare, auf die er sehr stolz war, genau in der Mitte. «Gute feste Haare», sagte er gern, «das bedeutet, dass darunter ein guter fester Verstand steckt.»

«Wie bei Shakespeare», hatte Matilda einmal darauf erwidert.

«Wie wer?»

«Shakespeare, Vati.»

«War der gescheit?»

«Sehr, Vati.»

«Und hatte den ganzen Kopf voller Haare, was?»

«Er war kahl, Vati.»

Daraufhin hatte sie der Vater angefahren: «Wenn du nichts Vernünftiges zu sagen hast, dann halt die Klappe.»

Herr Wurmwald tat jedenfalls einiges dafür, um sich die Haare so stark und kräftig zu erhalten, oder bildete es sich ein, indem er sich jeden Morgen eine kräftige Portion Haarwasser namens Veilchenöl-Haartonikum einmassierte. Eine Flasche dieser duftenden purpurnen Mischung stand immer auf dem Ablagebrett überm Waschbecken im Badezimmer, neben all den Zahnbürsten, und jeden Morgen nach dem Rasieren fand eine wilde Schädelrubbelei statt. Diese Haar- und Kopfmassage wurde stets von lauten männlichen Grunzern begleitet, von schwerem Atmen und von lautem Keuchen: «Ah, das ist besser! Das ist richtig! Kräftig rein damit, bis in die Wurzeln!», was Matilda in ihrem Schlafzimmer auf der anderen Seite des Korridors noch deutlich hören konnte.

Nun schraubte Matilda in der Verschwiegenheit des frühen Morgens im Badezimmer die Kappe von ihres Vaters Veilchenöl und kippte drei Viertel des Inhalts in den

Ausguss. Dann füllte sie die Flasche wieder mit der «Goldblonden Haarfarbe, extra stark» von ihrer Mutter auf. Sie hatte klugerweise genug Haarwasser in der Flasche ihres Vaters gelassen, sodass es immer noch einigermaßen purpurn aussah, nachdem sie das Ganze tüchtig geschüttelt hatte. Dann stellte sie die Flasche wieder auf die Ablage über dem Waschbecken und vergaß auch nicht, die Flasche ihrer Mutter in das Badezimmerschränkchen zurückzustellen. So weit, so gut.

Beim Frühstück saß Matilda ruhig am Esstisch und aß ihre Cornflakes. Ihr Bruder saß ihr mit dem Rücken zur Tür gegenüber und verdrückte dicke Brotschnitten, die mit einer Mischung aus Erdnussbutter und Erdbeermarmelade bestrichen waren. Die Mutter war im Augenblick nicht zu sehen, weil sie nebenan in der Küche stand und das Frühstück für Herrn Wurmwald zubereitete, das stets aus zwei Spiegeleiern auf geröstetem Brot mit drei Schweinswürstchen, drei Scheiben Speck und ein paar gebratenen Tomaten bestand.

In diesem Augenblick betrat Herr Wurmwald geräuschvoll das Zimmer. Er hätte keinen Raum leise betreten können, besonders nicht zum Frühstück. Er musste stets mit Getöse und Getön in Erscheinung treten, und man hörte ihn fast sagen: «Ich bin's! Hier komme ich, der große Meister in eigener Person. Der Herr des Hauses, der Geldverdiener, derjenige, dem ihr es alle verdankt, dass ihr so herrlich und in Freuden leben könnt! Nehmt mich wahr und betet mich an!»

An diesem besonderen Tag trat er auf, schlug seinem Sohn auf den Rücken und rief: «Also, mein Junge, dein Vater hat das Gefühl, dass ihm heute wieder ein schöner Tag zum Geldverdienen in der Werkstatt bevorsteht! Ich hab ein paar kleine Schmuckstücke, die ich den Idioten heute früh noch unterjubeln werde. Wo bleibt mein Frühstück?»

«Kommt schon, mein Schatz», rief Frau Wurmwald aus der Küche.

Matilda hielt den Kopf über ihre Cornflakes gebeugt. Sie wagte nicht aufzuschauen. Erstens wusste sie nicht genau, was sie zu sehen bekommen würde. Und wenn sie zweitens das, was sie zu sehen hoffte, wahrhaftig sah, dann wusste sie nicht, ob sie sich auf ihre unbewegte Miene verlassen konnte. Der Sohn starrte geradewegs aus dem Fenster und stopfte sich mit Erdnussbutterbrot und Erdbeermarmelade voll.

Der Vater war gerade im Begriff, sich auf seinen Platz am Ende des Tisches zu setzen, als die Mutter aus der Küche mit einem Teller angefegt kam, der hoch mit Spiegeleiern und Würstchen und Speck und Tomaten beladen war. Sie schaute auf. Sie erblickte ihren Gatten. Sie erstarrte. Sie stieß einen Schrei aus, der sie senkrecht in die Luft zu katapultieren schien, und sie ließ den Teller mit Krach und Klirren auf den Boden fallen. Alle sprangen auf, auch Herr Wurmwald.

«Was zum Teufel ist denn mit dir los, Frau?», schrie er. «Schau dir an, was du für eine Schweinerei auf dem Teppich gemacht hast?»

«Deine Haare!», schrie die Mutter und deutete mit bebendem Zeigefinger auf ihren Mann. «Schau dir deine Haare an! Was hast du mit deinen Haaren gemacht?»

«Was ist denn um des Himmels willen mit meinen Haaren los?», fragte er.

«O mein Gott, Vati, was hast du mit deinem Haar gemacht!», rief der Sohn.

Im Frühstückszimmer begann sich die herrlichste Keiferei zu entwickeln.

Matilda sagte gar nichts. Sie saß nur da und bewunderte die prachtvolle Wirkung ihrer eigenen Geschicklichkeit. Der dichte schwarze Haarschopf von Herrn Wurmwald sah jetzt schmutzig silbern aus, diesmal wie das Kostüm einer Seiltänzerin, die es seit Anfang der Zirkussaison nicht gewaschen hat.

«Du hast ... Du hast ... Du hast es gefärbt!», keuchte die Mutter. «Warum hast du denn das gemacht, du Idiot! Es sieht einfach grässlich aus! Ekelhaft! Du siehst aus wie eine Missgeburt!»

«Zum Donnerwetter, von was redet ihr denn?», brüllte der Vater und fuhr sich mit beiden Händen in die Haare. «Ich hab sie mir ganz bestimmt nicht gefärbt. Was soll das heißen, ich hätt sie mir gefärbt? Was ist denn damit passiert? Oder ist das ein übler Scherz?» Sein Gesicht nahm allmählich eine hellgrüne Farbe an, genau wie unreife, saure Äpfel.

«Du musst es dir gefärbt haben, Vati», sagte der Sohn, «es hat jetzt genauso eine Farbe wie Mamis, nur, es sieht viel dreckiger aus.»

«Natürlich hat er's gefärbt!», schrie die Mutter. «Haare kriegen nicht von ganz alleine eine andere Farbe. Was um des Himmels willen hast du bloß damit beabsichtigt, wolltest du schöner aussehen oder was? Jetzt siehst du aus wie irgendwessen Großmutter, die den Verstand verloren hat!»

«Her mit einem Spiegel!», heulte der Vater. «Steht hier nicht rum und schreit mich an! Bringt mir einen Spiegel!»

Die Handtasche der Mutter lag auf dem Stuhl am anderen Ende des Tisches. Sie klappte die Handtasche auf und holte eine Puderdose heraus, die innen im Deckel einen kleinen Spiegel hatte. Sie machte die Puderdose auf und reichte sie ihrem Mann. Er griff danach und hielt sie sich vors Gesicht und verschüttete dabei den halben Puder, der vorn auf seine knallbunte Tweedjacke rieselte.

«Pass doch auf!», kreischte die Mutter. «Jetzt sieh doch nur, was du wieder angestellt hast! Das ist mein bester Elizabeth-Arden-Gesichtspuder!»

«Allmächtiger!», heulte der Vater und starrte in den kleinen Spiegel. «Was ist denn mit mir passiert! Ich sehe ja schrecklich aus! Genauso, als ob es bei dir schief gegangen wäre. So kann ich nicht in den Betrieb. So kann ich keine Autos verkaufen! Wie konnte das nur passieren?» Er starrte in die Runde, richtete den Blick zuerst auf die Mutter, dann auf den Sohn, schließlich auf Matilda. «Wie konnte das nur passieren?», rief er.

«Ich könnte mir denken, Vati», antwortete Matilda ruhig, «dass du nicht genau hingeschaut hast und einfach Mamis Flasche mit dem Haarzeugs vom Regal genommen hast, statt deine eigene.»

«Ja natürlich, so muss es gewesen sein!», stöhnte die Mutter. «Also wirklich, Harry, wie kann man nur so blöd sein? Man muss sich doch das Etikett anschauen, eh man sich so was eimerweise auf den Kopf schüttet! Meins wirkt außergewöhnlich kräftig. Ich soll nur einen einzigen Esslöffel davon in ein ganzes Waschbecken voll Wasser geben, und du schüttest dir alles direkt auf den Schädel! Pass nur auf, wahrscheinlich gehen dir jetzt alle Haare aus. Spürst du schon ein Brennen auf dem Kopf, Liebling?»

«Glaubst du, dass ich meine ganzen Haare verliere?»

«Sicher», antwortete die Mutter, «Wasserstoffsuperoxyd ist eine sehr starke Chemikalie. So was gießt man auch ins Klo, um den Abfluss zu desinfizieren, nur da wird es anders genannt.»

«Was sagst du denn da!», schrie der Ehemann. «Ich bin doch kein Klobecken! Ich muss nicht desinfiziert werden!»

«Selbst so verdünnt, wie ich es benutze», fuhr die Mutter fort, «gehen mir davon eine Masse Haare aus. Weiß also der Himmel, was mit dir passieren wird. Ich würd mich nicht wundern, wenn dir der halbe Kopf abgeht.»

«Was soll ich denn machen?», heulte der Vater. «Schnell, sag's mir, ehe es anfängt auszufallen.»

Matilda sagte: «Ich würd's tüchtig waschen, Vati, wenn ich du wäre, mit Wasser und Seife. Aber beeilen musst du dich.»

«Wird dann die Farbe wieder zurückkommen?», fragte der Vater ängstlich.

«Natürlich nicht, du Dummkopf», sagte die Mutter.

«Was soll ich denn dann machen? Ich kann doch nicht ewig so rumlaufen!»

«Du musst es wieder schwarz färben», sagte die Mutter, «aber zuerst wasch es lieber mal, sonst bleibt nichts mehr zum Färben übrig.»

«Also gut!», rief der Vater und ergriff wieder die Initiative. «Melde mich sofort bei deinem Friseur zum Haarfärben an! Sag ihnen, dass es sich um einen Notfall handelt! Sollen sie eben irgendjemanden von ihren Anmeldungen streichen. Ich geh jetzt rauf und wasch mir die Haare!» Damit stürzte der Mann aus dem Zimmer, und Frau Wurmwald begab sich mit tiefem Seufzen zum Telefon, um in ihrem Schönheitsinstitut anzurufen.

«Er macht in letzter Zeit wirklich komische Sachen, findest du nicht auch, Mami?», fragte Matilda.

Die Mutter antwortete, während sie die Telefonnummer wählte: «Ach weißt du, Männer sind nicht immer so gescheit, wie sie sich einbilden. Das wirst du schon noch lernen, wenn du ein bisschen älter bist, mein Mädelchen.»

Fräulein Honig

Matilda war verhältnismäßig spät in die Schule gekommen. Die meisten Kinder wurden mit fünf oder noch jünger in die Vorschule gebracht, aber Matildas Eltern kümmerten sich in keiner Weise um die Erziehung ihrer Tochter und hatten einfach vergessen, rechtzeitig die entsprechenden Schritte zu unternehmen. Sie war fünf und ein halbes Jahr alt, als sie zum ersten Mal die Schule betrat.

Die örtliche Grundschule befand sich in einem düsteren Backsteinbau und hieß Mahlheim Hall. Sie hatte zweihundertfünfzig Schüler und Schülerinnen im Alter von fünf bis knapp zwölf Jahren. Die Schulleiterin, die Chefin, die oberste Befehlshaberin dieses Instituts war eine stattliche Dame mittleren Alters, die Fräulein Knüppelkuh hieß.

Matilda kam natürlich in die unterste Klasse, in der achtzehn andere kleine Jungen und Mädchen etwa in ihrem Alter waren. Ihre Lehrerin hieß Fräulein Honig, und sie konnte nicht älter als dreiundzwanzig oder vierundzwanzig sein. Sie hatte ein liebliches blasses, ovales Madonnengesicht mit blauen Augen und hellbraune Haare. Sie war so schlank und zerbrechlich, dass man das Gefühl bekam, wenn sie hinfiele, müsste sie in tausend Stücke zerspringen, wie eine Porzellanfigur.

Fräulein Florentine Honig war eine freundliche und

ruhige Person, die niemals die Stimme erhob und die man selten lächeln sah. Aber zweifelsohne besaß sie die seltene Gabe, von jedem der Kinder, die ihrer Obhut anvertraut waren, angebetet zu werden. Sie schien vollkommen die Verwirrung und die Angst zu verstehen, die Kinder so oft überfällt, wenn sie das erste Mal im Leben in einen Klassenraum gepfercht werden und gehorchen müssen. Irgendeine seltsame Wärme, die man fast spüren konnte, leuchtete aus Fräulein Honigs Gesicht, wenn sie mit einem verwirrten Neuankömmling in der Klasse sprach, der schon Heimweh hatte.

Fräulein Knüppelkuh, die Schulleiterin, war vollkommen anders. Sie war ein Riesenweib, ein heiliger Schrecken, ein wildes tyrannisches Ungeheuer, das Kinder und Lehrer gleichermaßen in Panik versetzte. Selbst aus der Entfernung hatte sie etwas Drohendes, und wenn sie einem dicht auf den Leib rückte, konnte man ihre gefährliche Hitze so wahrnehmen, als ob sie ein Stück glühendes Eisen wäre. Wenn sie marschierte – Fräulein Knüppelkuh ging niemals, sondern marschierte immer wie eine Sturmtruppe mit langen Schritten und schwingenden Armen –, wenn sie also einen Korridor entlangmarschierte, konnte man sie tatsächlich bei jedem Schritt schnauben hören, und wenn ihr einmal eine Kinderschar im Wege war, pflügte sie sich querbeet durch wie ein Panzer, sodass die Kleinen nach rechts und links zur Seite spritzten. Gott sei Dank stoßen wir auf dieser Welt auf nicht allzu viele ihresgleichen, aber es gibt sie, sie existieren, und keinem von uns wird es erspart, mindestens einmal im Leben auf so eine Person zu stoßen. In diesem Fall kann ich euch nur raten, genauso zu verfahren, als ob ihr im Busch einem wütenden Rhinozeros begegnet – rennt zum nächsten Baum, klettert rauf und bleibt dort, bis es weg ist. Es ist fast unmöglich, dieses Weib samt all seinen Verrücktheiten zu beschreiben, aber ich werde später noch einmal den schwachen Versuch dazu machen. Jetzt wollen wir sie für einen Augenblick in Ruhe lassen und zu Matilda zurückkehren und zu ihrem ersten Tag in Fräulein Honigs Klasse.

Nachdem Fräulein Honig wie üblich die Namen aller Kinder vorgelesen hatte, teilte sie funkelnagelneue Übungshefte aus. «Ich hoffe, ihr habt alle eure eigenen Bleistifte mitgebracht», sagte sie.

«Ja, Fräulein Honig», antworteten sie im Chor.

«Gut. Dies ist also euer erster Schultag. Er ist der Anfang von mindestens elf langen Jahren des Lernens, die ihr hinter euch bringen müsst. Und sechs von diesen Jahren werdet ihr in Mahlheim Hall verbringen, wo, wie ihr ja wisst, Fräulein Knüppelkuh eure Rektorin ist. Ich möchte euch zu eurem eigenen Nutzen etwas zu Fräulein Knüppelkuh sagen. Sie besteht darauf, dass an der ganzen Schule strengste Disziplin herrscht, und wenn ich euch einen Rat geben darf, so wäre es nur zu eurem Besten, wenn ihr euch in ihrer Gegenwart mustergültig benehmt. Kein Trotz. Niemals widersprechen. Immer parieren. Wenn ihr Fräulein Knüppelkuh gegen euch aufbringt, dann kann sie euch wie eine Mohrrübe durchs Schnitzelwerk treiben. Da gibt's gar nichts zu lachen, Lavendel. Auch nichts zu grinsen. Ihr solltet euch alle miteinander hinter die Ohren schreiben, dass Fräulein Knüppelkuh mit jedem, der aus der Reihe tanzt, sehr, sehr streng verfahren wird. Habt ihr das verstanden?»

«Ja, Fräulein Honig», zirpten achtzehn eifrige kleine Stimmen.

«Ich selber», fuhr Fräulein Honig fort, «möchte euch so viel wie möglich beibringen, solange ihr in meiner Klasse seid. Ich weiß nämlich, dass das für euch die Dinge später leichter machen wird. Ich erwarte zum Beispiel, dass jeder bis zum Wochenende das Einmalzwei auswendig lernt. In einem Jahr könnt ihr dann hoffentlich das ganze Einmaleins bis zum Einmalzwölf. Wenn ihr das schafft, wird es euch ganz ungeheuer weiterbringen. Also, hat einer von euch zufällig schon das Einmalzwei gelernt?»

Matilda meldete sich. Sie war die Einzige.

Fräulein Honig betrachtete eingehend das kleine Mädchen mit den dunklen Haaren und dem runden Gesicht, das in der zweiten Reihe saß.

«Wunderbar», sagte sie, «bitte steh auf und sag es uns auf, soweit du kannst.»

Matilda stand auf und begann das Einmalzwei aufzusagen. Als sie zu zwei mal zwölf ist vierundzwanzig kam, machte sie nicht Schluss. Sie fuhr einfach fort, «zwei mal dreizehn ist sechsundzwanzig, zwei mal vierzehn ist achtundzwanzig, zwei mal fünfzehn ist dreißig, zwei mal sechzehn ist …»

«Halt!», sagte Fräulein Honig. Sie hatte wie gebannt diesem fehlerlosen Vortrag zugehört, und jetzt fragte sie: «Wie weit kannst du denn weiterrechnen?»

«Wie weit?», fragte Matilda. «Das weiß ich nicht genau, Fräulein Honig. Ich glaube, noch ein ganzes Stück.»

Fräulein Honig brauchte ein paar Augenblicke, um diese merkwürdige Feststellung zu verarbeiten. «Du meinst also», sagte sie, «dass du mir sagen könntest, wie viel zwei mal achtundzwanzig ist?»

«Ja, Fräulein Honig.»

«Und wie viel ist das?»

«Sechsundfünfzig, Fräulein Honig.»

«Und wenn wir es etwas schwieriger machen, zum Beispiel zwei mal vierhundertsiebenundachtzig? Könntest du mir das auch ausrechnen?»

«Ich glaube ja», erwiderte Matilda.

«Bist du ganz sicher?»

«Aber ja, Fräulein Honig, ich bin ziemlich sicher.»

«Wie viel ist also zwei mal vierhundertsiebenundachtzig?»

«Neunhundertvierundsiebzig», erwiderte Matilda wie aus der Pistole geschossen. Sie sprach ruhig und höflich und ohne die geringste Spur von Angabe.

Fräulein Honig starrte Matilda vollkommen fassungslos an, aber als sie den Mund wieder aufmachte, klang ihre Stimme gefasst. «Das ist wirklich fabelhaft», sagte sie, «aber mit zwei zu multiplizieren ist natürlich viel leichter als mit höheren Zahlen. Wie steht's denn mit dem Rest vom Einmaleins? Kannst du da noch etwas?»

«Ich glaube schon, Fräulein Honig. Ich glaube ja.»

«Was denn, Matilda. Wie weit bist du gekommen?»

«Ich … Ich weiß nicht genau», entgegnete Matilda, «ich weiß nicht, was Sie meinen.»

«Ich wollte nur wissen, ob du zufällig auch das Einmaldrei kannst?»

«Ja, Fräulein Honig.»

«Und das Einmalvier?»

«Ja, Fräulein Honig.»

«Also, wie viele Einmaleinse kannst du denn, Matilda? Alle bis zum Einmalzwölf?»

«Ja, Fräulein Honig.»

«Wie viel ist sieben mal zwölf?»

«Vierundachtzig», antwortete Matilda.

Fräulein Honig hielt inne und lehnte sich in ihrem Stuhl hinter dem einfachen Tisch zurück, der mitten vor der Klasse stand. Sie war durch dieses Frage-und-Antwort-Spiel ziemlich durcheinander, aber sie hütete sich, es zu zeigen. Sie war noch nie auf eine Fünfjährige, ja, nicht mal auf eine Zehnjährige gestoßen, die mit solcher Leichtigkeit multiplizieren konnte.

«Ich hoffe, dass ihr andern gut zugehört habt», sagte sie zur Klasse. «Matilda ist ein wahrer Glückspilz. Sie hat wunderbare Eltern, die ihr schon das Malnehmen beigebracht haben. Ist es deine Mutter gewesen, Matilda?»

«Nein, Fräulein Honig, die war's nicht.»

«Dann musst du einen großartigen Vater haben. Er muss ein erstklassiger Lehrer sein.»

«Nein, Fräulein Honig», antwortete Matilda ruhig, «mein Vater hat mir nichts beigebracht.»

«Willst du damit sagen, dass du dir alles selber beigebracht hast?»

«Ich weiß nicht genau», antwortete Matilda aufrichtig, «ich finde einfach nur, es ist gar nicht schwer, eine Zahl mit der anderen malzunehmen.»

Fräulein Honig holte tief Luft und stieß sie langsam wieder aus. Sie betrachtete sich abermals das kleine Mädchen mit den lebhaften Augen, das so verständig und gelassen neben seinem Pult stand. «Du sagst, du findest es nicht schwer, eine Zahl mit der anderen zu multiplizieren», sagte Fräulein Honig. «Könntest du versuchen, das ein wenig zu erklären.»

«Ach du liebe Zeit», entgegnete Matilda, «ich weiß wirklich nicht.»

Fräulein Honig wartete. Die Klasse war vollkommen still, alle hatten die Ohren gespitzt.

«Wenn ich dich zum Beispiel», fuhr Fräulein Honig fort, «darum bitte, vierzehn mit neunzehn malzunehmen ... Nein, das ist zu schwer ...»

«Das ist zweihundertundsechsundsechzig», sagte Matilda leise.

Fräulein Honig starrte sie an, dann griff sie nach einem Bleistift und rechnete sich das Ergebnis rasch auf einem Stück Papier aus. «Wie viel, hast du gesagt?», fragte sie und schaute auf. «Zweihundertundsechsundsechzig», wiederholte Matilda.

Fräulein Honig legte den Bleistift hin, nahm die Brille ab und begann, die Gläser mit einem Papiertaschentuch blank zu reiben. Die Klasse saß mäuschenstill, beobachtete sie und wartete darauf, was als Nächstes käme. Matilda stand schweigend neben ihrem Pult.

«Jetzt sag mir einmal, Matilda», fuhr Fräulein Honig fort, während sie weiterpolierte, «versuch mir einmal genau zu beschreiben, was in deinem Kopf vorgeht, wenn du so eine Multiplikation ausführst. Du musst es ja irgendwie ausrechnen, aber du scheinst fast sofort zu deinem Ergebnis zu kommen. Nimm mal die Aufgabe, die ich dir grade gegeben habe, vierzehn mal neunzehn.»

«Ich ... Ich ... Ich merk mir einfach die Vierzehn und nehm sie mit Neunzehn mal», antwortete Matilda. «Es tut mir Leid, aber ich weiß nicht, wie ich es anders erklären soll. Ich hab mir immer gedacht, wenn das so ein kleiner Taschenrechner kann, warum sollte ich's nicht auch zustande bringen?»

«Ja, wirklich», sagte Fräulein Honig, «das menschliche Hirn ist etwas Wunderbares.»

«Ich finde, es ist viel besser als ein Stückchen Metall», sagte Matilda, «und mehr ist ein Rechner ja nicht.»

«Wie Recht du hast», sagte Fräulein Honig. «Taschenrechner sind übrigens an dieser Schule verboten.» Fräulein Honig fühlte sich ganz zitterig. Sie zweifelte nicht daran, dass sie auf einen wahrhaft außergewöhnlichen mathematischen Verstand gestoßen war, und Begriffe wie frühreifes Wunderkind, Begabung und Auslese schossen ihr durch den Kopf. Sie wusste, dass Wunder dieser Art von Zeit zu Zeit in der Welt auftauchen, aber nur ein- oder zweimal in hundert Jahren. Mozart war schließlich auch erst fünf, als er mit seinen Kompositionen für Klavier begann, und man braucht sich nur anzuschauen, was aus ihm geworden ist.

«Das ist nicht gerecht», sagte Lavendel. «Wieso kann sie das und wir nicht?»

«Keine Angst, Lavendel, du holst sie bald ein», tröstete sie Fräulein Honig mit einer Notlüge.

Und nachdem sie schon so weit gekommen war, konnte Fräulein Honig der Versuchung nicht widerstehen, den Verstand dieses erstaunlichen Kindes noch etwas weiter zu prüfen. Sie wusste, dass sie sich auch dem Rest der Klasse widmen sollte, aber sie war viel zu aufgeregt, um die Angelegenheit schon ruhen zu lassen.

«Also», sagte sie, indem sie so tat, als ob sie sich an die ganze Klasse richtete, «wollen wir die Zahlen mal für einen Augenblick beiseite lassen und sehen, ob sich einer von euch schon mit dem Buchstabieren beschäftigt hat. Hände hoch, wer Katze buchstabieren kann.»

Drei Hände fuhren in die Höhe. Sie gehörten Lavendel, einem kleinen Jungen namens Nigel und Matilda.

«Buchstabiere Katze, Nigel.»

Nigel buchstabierte das Wort.

Fräulein Honig beschloss nun, eine Frage zu stellen, die sie normalerweise nicht mal im Traum an einem ersten Schultag gestellt hätte. «Jetzt möchte ich einmal wissen», fuhr sie fort, «ob einer von euch drei Katzenbuchstabierern auch schon gelernt hat, wie man eine ganze Gruppe von Wörtern liest, wenn sie in einem Satz zusammengefasst sind.»

«Hab ich», antwortete Nigel.

«Kann ich auch», sagte Lavendel.

Fräulein Honig ging zur Tafel und schrieb mit ihrer weißen Kreide den Satz: *Ich habe schon zu lernen begonnen, wie man lange Sätze liest.* Sie hatte den Satz mit Absicht etwas schwierig formuliert, und sie wusste, dass es nur ziemlich wenige Fünfjährige gab, die damit zurande kamen.

«Kannst du mir sagen, was das heißt, Nigel?», fragte sie.

«Das ist mir zu schwer», antwortete Nigel.

«Lavendel?»

«Das erste Wort heißt ‹Ich›», sagte Lavendel.

«Kann einer von euch den ganzen Satz lesen?», fragte Fräulein Honig und wartete auf das Ja, das, wie sie sicher wusste, von Matilda kommen würde.

«Ja», sagte Matilda.

«Dann los», sagte Fräulein Honig.

Matilda las den Satz ohne das geringste Zögern.

«Das ist wirklich recht gut», stellte Fräulein Honig fest, wobei sie so wie noch nie in ihrem Leben untertrieb. «Wie viel kannst du denn lesen, Matilda?»

«Ich glaube, dass ich die meisten Sachen lesen kann, Fräulein Honig», antwortete Matilda, «wenn ich auch leider nicht immer verstehe, was die Wörter bedeuten.»

Fräulein Honig stand auf und schritt entschlossen aus dem Klassenzimmer, kam jedoch nach dreißig Sekunden mit einem dicken Buch zurück. Sie schlug es wahllos auf und legte es auf Matildas Pult. «Dies ist ein Buch mit lustigen Geschichten», erklärte sie, «probier mal, ob du uns dies vorlesen kannst.»

Ohne zu stocken und ohne eine Pause zu machen, begann Matilda flink und flott vorzulesen:

> «Ein Epikur aß in Neuhaus
> und fand in der Suppe 'ne Maus.
>   Rief der Kellner: Gemach!
>   Kein Geschrei und kein Krach,
> sonst wolln nämlich alle so 'n Graus!»

Einige Kinder verstanden den Witz des Gedichtes und lachten. Fräulein Honig fragte: «Weißt du, was ein Epikur ist, Matilda?»

«Das ist einer, der beim Essen wählerisch ist», antwortete Matilda.

«Das ist richtig», entgegnete Fräulein Honig. «Und weißt du zufällig auch, wie man diese ganz besondere Art von Gedichten nennt?»

«Das nennt man Limerick», erwiderte Matilda, «und dies ist ein besonders hübscher. Er ist so komisch.»

«Er ist auch ziemlich berühmt», sagte Fräulein Honig, nahm das Buch und kehrte zu ihrem Tisch vor der Klasse zurück. «Einen witzigen Limerick zu verfassen ist sehr schwer», setzte sie hinzu, «sie sehen so leicht aus, sind es aber ganz und gar nicht.»

«Ich weiß», sagte Matilda, «ich hab's schon ein paar Mal versucht, aber meine werden nie sehr gut.»

«Ach wirklich?», fragte Fräulein Honig, deren Verblüffung immer größer wurde. «Also, Matilda, ich würde sehr gerne einen von diesen Limericks hören, die du, wie du sagst, geschrieben hast. Ob du dich vielleicht für uns noch an einen erinnern kannst?»

«Also», antwortete Matilda zögernd, «ich hab eben grad versucht, einen auf Sie zu dichten, Fräulein Honig, während Sie hier gesessen haben.»

«Auf mich!», rief Fräulein Honig. «Na, den wollen wir doch ganz bestimmt hören, nicht wahr?»

«Ich weiß aber nicht, ob ich ihn sagen mag, Fräulein Honig.»

«Ach bitte, tu's doch», bat Fräulein Honig, «ich versprech dir auch, dass ich nichts übel nehmen werde.»

«Vielleicht tun Sie das doch, Fräulein Honig, denn ich habe Ihren Vornamen benutzt, damit sich die Zeilen reimen, und deshalb möchte ich es doch lieber nicht aufsagen.»

«Woher kennst du denn meinen Vornamen?», fragte Fräulein Honig.

«Ich hab gehört, wie Sie eine andere Lehrerin gerufen hat, kurz bevor wir hier reinkamen», sagte Matilda, «sie hat Sie Flo genannt.»

«Ich bestehe aber darauf, diesen Limerick zu hören», sagte Fräulein Honig, wobei sie übers ganze Gesicht lächelte, was nur sehr selten geschah. «Stell dich hin und sag ihn auf.»

Widerwillig erhob sich Matilda und sagte sehr langsam und zappelig ihren Limerick auf:

«Es fragen sich alle bei Flo
und raten und rätseln nur so:

Gewiss gibt es nicht
überall ein Gesicht,
das so hübsch ist wie ihrs? Nirgendwo.«

Fräulein Honig blasses und freundliches Gesicht wurde puterrot und sie lächelte abermals. Diesmal aber viel heiterer, so wie man lächelt, wenn man sich wirklich über etwas freut.

«Danke schön, Matilda», sagte sie und lächelte immer noch. «Obwohl es nicht stimmt, ist es ein sehr guter Limerick. Ach je, je, den muss ich wirklich auswendig lernen.»

Aus der dritten Bankreihe sagte Lavendel: «Das ist gut. Das gefällt mir.»

«Und stimmen tut es auch», sagte ein kleiner Junge namens Rupert.

«Und ob es stimmt», sagte Nigel.

Die ganze Klasse schwärmte schon für Fräulein Honig, obgleich sie kaum ein Kind außer Matilda richtig wahrgenommen hatte.

«Wer hat dir das Lesen beigebracht, Matilda?», fragte Fräulein Honig.

«Ich hab's mir irgendwie selbst beigebracht, Fräulein Honig.»

«Und hast du schon irgendwelche Bücher gelesen, ich meine: Kinderbücher?»

«Ich habe alle gelesen, die es in der Stadtbücherei in der Hauptstraße gibt, Fräulein Honig.»

«Und haben sie dir gefallen?»

«Ein paar fand ich wirklich ganz gut», antwortete Matilda, «aber die meisten waren ziemlich langweilig.»

«Nenn mir eins, das dir gefallen hat.»

«‹Der König von Narnia›», sagte Matilda. «Ich finde, dass Herr C. S. Lewis ein sehr guter Schriftsteller ist. Er hat nur einen Fehler. In seinen Büchern gibt es keine lustigen Stellen.»

«Da hast du Recht», entgegnete Fräulein Honig.

«Und bei Herrn Tolkien gibt es auch nicht viele komische Stellen», sagte Matilda.

«Findest du denn, dass alle Kinderbücher etwas Lustiges haben sollten?», fragte Fräulein Honig.

«Ja», antwortete Matilda, «Kinder sind nicht so ernsthaft wie Erwachsene, und sie lachen gerne.»

Fräulein Honig war von der Weisheit dieses kleinen Mädchens vollkommen verblüfft. Sie sagte: «Und was machst du jetzt, nachdem du alle Kinderbücher ausgelesen hast?»

«Ich lese andere Bücher», entgegnete Matilda, «ich leih sie mir aus der Stadtbücherei. Frau Phelps ist sehr nett zu mir. Sie hilft mir bei der Auswahl.»

Fräulein Honig beugte sich weit über ihren Arbeitstisch und betrachtete das Kind voller Staunen. Sie hatte den Rest der Klasse vollkommen vergessen. «Was für andere Bücher?», murmelte sie.

«Charles Dickens mag ich besonders gern», sagte Matilda, «er macht mich immer wieder lachen. Besonders Mr. Pickwick.»

In diesem Augenblick schepperte die Glocke und verkündete das Ende der Schulstunde.

Die Knüppelkuh

Fräulein Honig verließ in der Pause den Klassenraum und ging geradewegs zum Arbeitszimmer der Schulleiterin. Sie war vollkommen außer sich. Sie war auf ein kleines Mädchen gestoßen, das hoch begabt war oder das ihr wenigstens so vorkam. Sie hatte noch nicht feststellen können, wie der genaue Grad dieser Begabung war, hatte aber genug mitgekriegt, um zu dem Schluss zu kommen, dass in dieser Sache so bald wie möglich etwas geschehen musste. Es wäre geradezu lächerlich, wenn man solch ein Kind bei den Abc-Schützen ließe.

Normalerweise verspürte Fräulein Honig eine heilige Angst vor der Schulleiterin und hielt sich möglichst fern von ihr, aber in diesem Augenblick hatte sie das Gefühl, dass sie es mit jedem aufnehmen könnte. Sie klopfte an die Tür des gefürchteten privaten Arbeitszimmers.

«Herein!», dröhnte die tiefe und gefährliche Stimme von Fräulein Knüppelkuh. Schulleiter bekommen ihre Stellung meistens deshalb, weil sie über eine Anzahl von hervorragenden Eigenschaften verfügen. Sie verstehen Kinder, und nichts liegt ihnen so am Herzen wie die Interessen dieser Kinder. Sie sind liebenswürdig. Sie sind gerecht und sie beschäftigen sich eingehend mit Erziehungsfragen. Fräulein Knüppelkuh besaß jedoch keine dieser Eigenschaften, und wie sie zu ihrer augenblicklichen Stelle gekommen war, blieb ein ewiges Geheimnis.

Sie war zudem ein gewaltiges Weib. Früher war sie eine bekannte Athletin gewesen, und ihre Muskeln fielen einem heute noch auf. Man konnte sie auf ihrem Stiernacken erkennen, den breiten Schultern, den dicken Armen, den sehnigen Handgelenken und an den mächtigen Beinen. Beim Anblick von Fräulein Knüppelkuh bekam man sofort das Gefühl, jemanden vor sich zu haben, der Eisenstangen verbiegen und Telefonbücher quer durchreißen konnte. Auf ihrem Gesicht zeigte sich leider nicht die geringste Spur von Schönheit, noch war es ein erfreulicher Anblick. Sie besaß ein eigensinniges Kinn, einen grausamen Mund und kleine hochmütige Augen. Und was ihre Kleider anbelangt ... Sie waren zumindest außergewöhnlich sonderbar. Sie steckte immer in einem braunen Baumwollkittel, der um die Hüften von einem breiten Ledergürtel zusammengehalten wurde. Dieser war vorn mit einer riesigen Silberschnalle verschlossen. Die fetten Hüften, die unter dem strammen Gürtel hervorquollen, steckten in merkwürdigen Reithosen aus grobem Köperstoff in einem flaschengrünen Farbton. Diese Hosen reichten bis knapp über die Knie, und dazu trug sie mit Vorliebe grüne Strümpfe, die oben einmal umgeschlagen wurden und ihre Wadenmuskeln in aller Deutlichkeit zeigten. Ihre Füße steckten in flachen braunen Haferlschuhen. Sie sah also, kurz gesagt, eher wie ein ziemlich verrückter und blutdürstiger Jäger hinter der Meute scharfer Jagdhunde aus als wie die Leiterin einer netten Grundschule.

Als Fräulein Honig das Arbeitszimmer betrat, stand Fräulein Knüppelkuh mit ungeduldiger und finsterer Miene neben ihrem gewaltigen Schreibtisch. «Ja, Fräulein Honig», sagte sie, «was wollen Sie? Sie sehen ja heute früh vollkommen aufgelöst aus. Was ist los mit Ihnen? Haben diese kleinen Stinker Sie mit Papierkügelchen beschossen?»

«Nein, Frau Rektorin, keineswegs.»

«Was ist es denn dann? Heraus damit. Ich bin eine beschäftigte Frau.» Während sie sprach, griff sie nach einem Krug, der immer auf ihrem Schreibtisch stand, und goss sich ein Glas Wasser ein.

«Ich habe in meiner Klasse ein kleines Mädchen namens Matilda Wurmwald ...», begann Fräulein Honig.

«Das ist die Tochter von dem Mann, dem Wurmwald-Motoren in der Stadt gehört», bellte Fräulein Knüppelkuh. Sie sprach fast niemals mit normaler Stimme. Sie bellte entweder oder sie brüllte. «Guter Mann, der Wurmwald», fuhr sie fort, «bin erst gestern bei ihm gewesen. Hat mir einen Wagen verkauft. Fast neu. Nur zehntausend Kilometer drauf. Hat einer alten Dame gehört, die den Wagen höchstens einmal im Jahr aus der Garage holte. Da hab ich ein Mordsgeschäft gemacht. Ja, Wurmwald gefällt mir. Eine wahre Säule unserer Gesellschaft. Hat mir gesagt, seine Tochter sei allerdings ein schlimmes Stück. Ich sollte ein wachsames Auge auf sie haben. Er hat gesagt, wenn in der Schule jemals was passierte, so steckte bestimmt seine Tochter dahinter. Ich hab die kleine Ratte noch nicht zu sehen gekriegt, aber ich werd sie schon erkennen, wenn es so weit ist. Ihr Vater sagt, sie sei ein richtiges Früchtchen.»

«O nein, Frau Rektorin, das kann nicht stimmen!», rief Fräulein Honig.

«O ja, Fräulein Honig, und ob das stimmt! Wenn ich nämlich richtig darüber nachdenke, so geh ich jede Wette ein, dass sie es war, die mir heute früh eine Stinkbombe unter den Tisch gelegt hat. Das Zimmer hat wie eine Kloake gerochen! Natürlich ist sie das gewesen! Das werd ich ihr heimzahlen, passen Sie nur auf! Wie sieht sie aus? Wahrscheinlich wie ein widerlicher kleiner Wurm. Ich habe nämlich in meiner langen Karriere als Lehrerin herausgefunden, Fräulein Honig, dass ein schlimmes Mädchen weitaus gefährlicher ist als ein schlimmer Junge. Und dann kommt noch hinzu, sie sind viel schwerer fertig zu machen. Ein schlimmes Mädchen zu erledigen, das ist so, als ob man versuchte, eine Schmeißfliege zu zerquetschen. Man haut drauf und weg ist das verdammte Ding. Abscheuliche schmutzige Dinger, diese Mädchen. Ich bin nur froh, dass ich nie eins war.»

«Oh, aber einmal müssen Sie doch auch ein kleines Mädchen gewesen sein, Frau Rektorin. Ganz bestimmt.»

«Wenigstens nicht lange», bellte Fräulein Knüppelkuh und grinste, «bin im Handumdrehen eine Frau geworden.»

Sie ist völlig verrückt, sagte sich Fräulein Honig, knatschverrückt. Sie blieb entschlossen vor der Schulleiterin stehen. Ein einziges Mal wollte sie sich nicht abweisen und unterdrücken lassen. «Ich muss Ihnen erklären, Frau Rektorin», sagte sie, «dass Sie ganz und gar im Irrtum sind, wenn Sie meinen, Matilda hätte eine Stinkbombe unter Ihren Schreibtisch gelegt.»

«Ich irre mich nie, Fräulein Honig.»

«Aber Frau Rektorin, es ist der erste Schultag des Kindes, und es ist direkt in den Klassenraum …»

«Um Himmels willen, keine Widerworte, Weib! Diese kleine miese Matilde, oder wie sie heißt, hat mir mein Arbeitszimmer stinkbombardiert! Daran gibt's nichts zu drehen und zu deuteln! Besten Dank, dass Sie mich darauf hingewiesen haben.»

«Aber ich habe Sie nicht darauf hingewiesen, Frau Rektorin.»

«Aber natürlich haben Sie das getan! Also, was haben Sie noch auf dem Herzen, Fräulein Honig? Warum verplempern Sie meine Zeit?»

«Ich wollte mich mit Ihnen über Matilda unterhalten, Frau Rektorin. Ich muss Ihnen etwas ganz Außergewöhnliches über dieses Kind berichten. Darf ich Ihnen bitte erzählen, was gerade eben in der Klasse geschehen ist?»

«Hat wahrscheinlich Ihren Rock in Brand gesteckt und Ihre Unterhosen angesengelt!», schnaubte Fräulein Knüppelkuh.

«Nein, aber nein!», rief Fräulein Honig aus. «Matilda ist ein Genie.»

Bei der Erwähnung dieses Wortes lief Fräulein Knüppelkuhs Gesicht purpurrot an, und ihr ganzer Leib schien sich aufzublähen und zu schwellen wie bei einem Ochsenfrosch. «Ein *Genie*!», brüllte sie. «Was für einen Quatsch versuchen Sie mir da einzureden, meine Dame? Sie müssen den Verstand verloren haben! Ich habe das Wort ihres Vaters, dass dieses Kind ein Gangster ist!»

«Ihr Vater irrt sich, Frau Rektorin.»

«Seien Sie doch nicht albern, Fräulein Honig! Sie haben dieses kleine Biest eine halbe Stunde vor der Nase gehabt, ihr Vater kennt sie ihr ganzes Leben!»

Fräulein Honig war jedoch so fest entschlossen, diesmal das zu sagen, was sie auf dem Herzen hatte, dass sie einfach anfing, von Matildas erstaunlichen Rechenkunststücken zu erzählen.

«Dann hat sie also ein paar Einmaleinse auswendig gepaukt. Na und?», bellte Fräulein Knüppelkuh. «Das, meine Liebe, macht doch noch kein Genie aus ihr! Höchstens einen Papagei!»

«Aber Frau Rektorin, sie kann *lesen*.»

«Das kann ich auch», fauchte Fräulein Knüppelkuh.

«Ich bin der Ansicht», sagte Fräulein Honig, «dass Matilda aus meiner Klasse genommen und sofort in die letzte Klasse zu den Elfjährigen versetzt werden sollte.»

«Ha!», schnaubte Fräulein Knüppelkuh. «Sie wollen sie also loswerden, was? Sie werden also nicht mit ihr fertig? Sie wollen sie also der unglückseligen Plimbim in der letzten Klasse aufbürden, wo sie noch mehr Unfug stiften wird?»

«Nein, nein!», rief Fräulein Honig. «Das sind ganz und gar nicht meine Beweggründe!»

«Und ob sie das sind!», brüllte Fräulein Knüppelkuh. «Ich habe Ihre kleine jämmerliche List von Anfang an durchschaut, meine Liebe. Und meine Antwort lautet: nein! Matilda bleibt, wo sie ist, und Sie sind dafür verantwortlich, dass sie sich benimmt.»

«Aber Frau Rektorin, bitte ...»

«Kein Wort mehr!», brüllte Fräulein Knüppelkuh. «Außerdem herrscht hier in meiner Schule die Regel, dass alle Kinder in ihrer eigenen Altersgruppe bleiben, ohne Rücksicht auf Begabung. Grundgütiger, ich denke gar nicht daran, eine kleine fünfjährige Gaunerin zu den ältesten Jungen und Mädchen zu versetzen. Wo gibt's denn so was?»

Fräulein Honig stand vor dieser mächtigen, stiernackigen Riesin hilflos da. Es gab noch viel, was sie gern gesagt hätte, aber sie wusste, dass es zwecklos war. So sagte sie leise: «Nun gut, es ist Ihre Entscheidung, Frau Rektorin.»

«Und ob es das ist», bellte Fräulein Knüppelkuh, «und vergessen Sie nicht, meine Beste, dass wir es mit einer kleinen Schlange zu tun haben, die mir eine Stinkbombe unter meinen Tisch …»

«Das hat sie nicht getan, Frau Rektorin!»

«Aber natürlich!», dröhnte Fräulein Knüppelkuh. «Und ich will Ihnen mal was verraten. Ich wünschte zum Himmel, dass ich noch die Birkenrute und den Gürtel benutzen dürfte wie in der guten alten Zeit. Ich würde Matilda so den Hintern versohlen, dass sie einen Monat lang nicht mehr sitzen könnte!»

Fräulein Honig wandte sich ab und ging aus dem Arbeitszimmer, ziemlich niedergeschlagen, aber keineswegs besiegt. Ich werde etwas für dieses Kind unternehmen, schwor sie sich insgeheim. Ich weiß nicht, was das sein kann, aber ich werde einen Weg finden, wie ich ihr doch noch helfen kann.

Die Eltern

Als Fräulein Honig aus dem Zimmer der Schulleiterin trat, befanden sich die meisten Kinder draußen auf dem Schulhof. Ihr erster Schritt bestand darin, dass sie die Runde machte bei den verschiedenen Lehrern, die in der obersten Klasse unterrichteten, und sich von ihnen eine Reihe von Lehrbüchern auslieh, für Algebra, Geometrie, Französisch, Literatur und so weiter. Dann suchte sie Matilda und bat sie ins Klassenzimmer. «Es hat keinen Sinn», begann sie, «dass du hier herumsitzt und Däumchen drehst, während ich den anderen das Einmalzwei beibringe und wie man Katze und Ratte und Maus buchstabiert. Ich werde dir also in jeder Stunde eins von diesen Lehrbüchern geben, mit denen du dich beschäftigen kannst. Am Ende der Stunde kannst du zu mir kommen, und falls du irgendwelche Fragen hast, werde ich versuchen, dir zu helfen. Was meinst du dazu?»

«Vielen Dank, Fräulein Honig», sagte Matilda, «das finde ich gut.»

«Ich bin fest davon überzeugt», fuhr Fräulein Honig fort, «dass wir es schaffen werden, dich später ein paar Klassen überspringen zu lassen, aber im Augenblick wünscht die Schulleiterin, dass du bleibst, wo du bist.»

«Gut, Fräulein Honig», sagte Matilda, «und vielen Dank, dass Sie mir diese Bücher besorgt haben.»

Was ist sie doch für ein nettes Kind, dachte Fräulein

Honig. Es ist mir schnuppe, was ihr Vater über sie gesagt hat, mir kommt sie sehr ruhig und sanft vor und kein bisschen aufgeblasen trotz all ihrer Gescheitheit. Im Grunde genommen scheint sie sich dessen gar nicht bewusst zu sein.

Als sich die Kinder wieder in der Klasse versammelten, ging Matilda zu ihrem Pult und begann, ein Geometriebuch zu studieren, das ihr Fräulein Honig gegeben hatte. Die Lehrerin behielt sie die ganze Zeit mit im Auge und verfolgte, wie sich das Kind ziemlich rasch völlig in das Buch vertiefte. Sie schaute während der ganzen Stunde kein einziges Mal auf.

Fräulein Honig kam unterdessen zu einem zweiten Entschluss. Sie nahm sich vor, sobald wie möglich selber zu Matildas Eltern zu gehen und sich mit ihnen unter sechs Augen zu unterhalten. Sie wollte sich einfach nicht damit abfinden, alles so zu lassen, wie es war. Die ganze Angelegenheit war einfach lächerlich. Sie mochte es nicht glauben, dass die Eltern die bemerkenswerten Eigenschaften ihrer Tochter noch gar nicht wahrgenommen hatten. Schließlich war Herr Wurmwald ein erfolgreicher Autohändler, deshalb nahm sie an, dass er selber ganz gescheit sein musste. Auf jeden Fall neigten Eltern niemals dazu, die Fähigkeiten ihrer eigenen Kinder zu unterschätzen. Ganz im Gegenteil. Manchmal war es einem Lehrer fast unmöglich, den stolzen Vater oder die Mutter davon zu überzeugen, dass ihr geliebter Sprössling ein völliger Versager war. Fräulein Honig war sicher, dass es ihr keine Schwierigkeiten machen würde, Herrn und Frau Wurmwald davon zu überzeugen, dass Matilda wirklich etwas ganz Besonderes war. Das Problem lag vermutlich eher darin, ihre Begeisterung zu bremsen.

Und dann begannen Fräulein Honigs Hoffnungen noch höher zu steigen. Sie überlegte, ob sie sich nicht von den Eltern die Erlaubnis erbitten sollte, Matilda nach der Schule Privatunterricht zu geben. Die Aussicht, ein so helles Kind wie dieses zu fördern, regte ihren Berufsinstinkt als Lehrerin ganz ungeheuer an. Und plötzlich beschloss sie, schon an diesem Abend Herrn und Frau Wurmwald zu besuchen. Sie wollte nicht allzu früh zu ihnen gehen, erst zwischen neun und zehn Uhr, wenn Matilda bestimmt schon im Bett war.

Und genauso machte sie es auch. Sie besorgte sich die Anschrift aus den Schulakten, und kurz nach neun machte sie sich auf den Weg zum Haus der Wurmwalds. Sie entdeckte es in einer hübschen Straße, in der die kleinen Eigenheime durch ein Stückchen Garten voneinander getrennt standen. Es war ein modernes Backsteinhaus, das nicht billig gewesen sein konnte, und der Name über der Gartentür lautete LAUSCHIGER WINKEL. Lärmige Hinkel hätte besser gepasst, dachte Fräulein Honig. Sie hatte eine Schwäche für solche Wortspiele. Sie ging den Gartenweg entlang und läutete an der Haustür, und während sie dastand und wartete, konnte sie drinnen den Fernsehapparat plärren hören.

Die Tür wurde von einem kleinen Mann mit einem Rattengesicht und einem dünnen Rattenschnurrbärtchen geöffnet, der ein Sportsakko mit orangefarbenen und roten Streifen trug. «Ja?», fragte er und blinzelte zu Fräulein Honig hinaus. «Wenn Sie Lose verkaufen, ich will keine.»

«Das tue ich nicht», antwortete Fräulein Honig, «und bitte verzeihen Sie mir, dass ich so hereinplatze. Ich bin Matildas Lehrerin und es ist wichtig, dass ich mich mit Ihnen und Ihrer Frau unterhalte.»

«Hat schon Ärger gemacht, was?», fragte Herr Wurmwald und blockierte den Eingang. «Also, dafür sind jetzt Sie verantwortlich. Sie müssen mit ihr fertig werden.»

«Sie hat nicht im Geringsten Ärger gemacht», sagte Fräulein Honig. «Ich bin mit guten Nachrichten über sie gekommen. Ganz erstaunlichen Nachrichten, Herr Wurmwald. Meinen Sie, dass ich ein paar Minuten hereinkommen und mit Ihnen über Matilda sprechen könnte?»

«Wir sind gerade dabei, uns eine unserer Lieblingssendungen anzuschauen», sagte Herr Wurmwald, «das passt jetzt gar nicht. Warum kommen Sie nicht ein andermal wieder?»

Fräulein Honig begann die Geduld zu verlieren. «Herr Wurmwald», sagte sie, «wenn Sie finden, dass irgendein schwachsinniges Fernsehprogramm wichtiger ist als die Zukunft Ihrer Tochter, dann hätten Sie nicht Vater werden sollen! Warum stellen Sie das verflixte Ding nicht ab und hören mir zu?»

Das brachte Herrn Wurmwald vollkommen durcheinander. Er war nicht daran gewöhnt, dass man so mit ihm sprach. Er beäugte misstrauisch die schlanke, zerbrechliche Frau, die so entschlossen vor seiner Schwelle stand. «Na, also gut», fuhr er sie an, «rein mit Ihnen, damit wir's schnell hinter uns bringen.»

Fräulein Honig trat energisch ein.

«Frau Wurmwald wird Ihnen dafür nicht sehr dankbar sein», sagte er, während er sie ins Wohnzimmer führte, wo eine füllige wasserstoffblonde Frau hingerissen auf den Bildschirm starrte.

«Wer ist das?», fragte die Frau, ohne sich umzudrehen.

«'ne Lehrerin», antwortete Herr Wurmwald. «Sie sagt,

sie muss mit uns über Matilda reden.» Er ging zum Fernsehgerät und stellte den Ton ab, ließ aber das Bild weiterlaufen.

«Lass das doch, Harry!», rief Frau Wurmwald aus. «Hans-Joachim ist gerade dabei, Angelika einen Heiratsantrag zu machen!»

«Kannst ja zugucken, während wir reden», sagte Herr Wurmwald. «Dies ist Matildas Lehrerin. Sie sagt, sie hätte irgendwelche Neuigkeiten für uns.»

«Mein Name ist Florentine Honig», sagte Fräulein Honig. «Guten Abend, Frau Wurmwald.»

Frau Wurmwald glotzte sie an und fragte: «Was ist denn los?»

Niemand lud Fräulein Honig zum Sitzen ein, deshalb suchte sie sich einen Stuhl aus und nahm unaufgefordert Platz. «Heute», sagte sie, «war der erste Schultag Ihrer Tochter.»

«Das wissen wir», sagte Frau Wurmwald ziemlich gereizt, weil sie ihre Sendung verpasste. «Ist das alles, was Sie uns zu sagen haben?»

Fräulein Honig starrte in die feuchten grauen Augen der anderen Frau, und sie ließ das Schweigen sich so lange ausdehnen, bis es Frau Wurmwald unbehaglich wurde. «Wünschen Sie, dass ich den Grund meines Kommens erkläre?», fragte Fräulein Honig.

«Schießen Sie los», sagte Frau Wurmwald.

«Sie wissen sicher», begann Fräulein Honig, «dass man von Kindern, die gerade eingeschult werden, nicht erwartet, dass sie schon lesen oder buchstabieren oder mit Zahlen umgehen. Fünfjährige können das nicht. Matilda aber kann das alles. Und wenn ich ihr glauben darf ...»

«Würd ich nie», sagte Frau Wurmwald. Sie war immer noch wütend, weil sie den Ton im Fernsehen nicht mitkriegte.

«Hat sie etwa gelogen», fragte Fräulein Honig, «als sie mir sagte, dass ihr keiner das Multiplizieren oder das Lesen beigebracht hat? Hat sie einer von Ihnen unterrichtet?»

«Was unterrichtet?», fragte Herr Wurmwald.

«Lesen. Bücher lesen», sagte Fräulein Honig. «Vielleicht haben Sie sie ja unterrichtet. Vielleicht hat sie geschwindelt. Vielleicht ist ihr ganzes Haus voller Bücher und Bücherregale. Das kann ich nicht wissen. Vielleicht sind Sie beide ja große Leser.»

«Natürlich lesen wir», antwortete Herr Wurmwald. «Reden Sie doch keinen Kokolores. Ich lese jede Woche das ‹Auto› und ‹Der Motor› von vorne bis hinten durch.»

«Das Kind hat bereits eine erstaunliche Anzahl an Büchern gelesen», fuhr Fräulein Honig fort. «Ich wollte nur in Erfahrung bringen, ob sie aus einer Familie kommt, in der gute Literatur geschätzt wird.»

«Also vom Bücher lesen halten wir nicht viel», sagte Herr Wurmwald. «Man kann's zu nichts bringen, wenn man nur auf seinen vier Buchstaben hockt und Geschichtenbücher liest. So was haben wir nicht im Hause.»

«Aha», sagte Fräulein Honig, «nun, ich wollte Ihnen nur berichten, dass Matilda hoch begabt ist. Aber das wissen Sie vermutlich schon längst.»

«Dass sie lesen kann, das weiß ich schon», sagte die Mutter, «sie steckt Tag und Nacht oben in ihrem Zimmer und vergräbt sich in irgendwelchen blöden Büchern.»

«Aber ist es Ihnen nicht aufgefallen», fragte Fräulein Honig, «dass ein kleines fünfjähriges Kind dicke Bücher für Erwachsene von Dickens und Hemingway liest? Reißt Sie das nicht vor Aufregung aus dem Sessel?»

«Eigentlich nicht», antwortete die Mutter. «Von Blaustrümpfen halt ich nicht viel. Ein Mädchen sollte über sein Aussehen nachdenken und wie es attraktiv wird, damit es später einen guten Mann erwischt. Das Aussehen ist viel wichtiger als Bücher, Fräulein Marmelade ...»

«Mein Name ist Honig», sagte Fräulein Honig.

«Also schauen Sie doch mich an», fuhr Frau Wurmwald fort, «und dann schauen Sie sich an. Sie haben sich für die Bücher entschieden. Ich fürs gute Aussehen.»

Fräulein Honig betrachtete sich die dicke dumme Person mit dem Puddinggesicht, die ihr gegenübersaß. «Was haben Sie gesagt?», fragte sie.

«Ich sagte, Sie hätten Bücher gewählt und ich das Aussehen», wiederholte Frau Wurmwald. «Und wer hat das Bessere erwischt? Ich natürlich. Ich sitze gemütlich in einem hübschen Haus mit einem erfolgreichen Geschäftsmann und Sie müssen sich abschuften, um einer Horde von grässlichen kleinen Rangen das Abc einzubläuen.»

«Ganz recht, Zuckerpfläumchen», sagte Herr Wurmwald und bedachte seine Frau mit einem so affektierten und dreckigen Grinsen, dass es ein Pferd zum Kotzen hätte bringen können.

Fräulein Honig kam zu dem Schluss, dass sie ihre Beherrschung nicht verlieren durfte, wenn sie mit diesen Leuten zu irgendeinem Ergebnis gelangen wollte. «Ich habe Ihnen noch nicht alles berichtet», sagte sie. «So weit ich es in diesem frühen Stadium übersehen kann, ist Matilda auch eine Art mathematisches Genie. Sie kann in Blitzgeschwindigkeit hohe Zahlen miteinander multiplizieren.»

«Was hat das für einen Sinn, wenn's überall Taschenrechner zu kaufen gibt?», fragte Herr Wurmwald.

«Ein Mädchen kriegt keinen Mann, wenn es auf gescheit macht», stellte Frau Wurmwald fest. «Schauen Sie sich zum Beispiel diese Filmstars an», setzte sie hinzu, indem sie auf den schweigenden Bildschirm deutete, wo ein weibliches Wesen mit schwellendem Busen im Mondschein von einem markigen Mimen umarmt wurde. «Bilden Sie sich etwa ein, den hätt sie sich geschnappt, wenn sie ihm was vormultipliziert hätte? Also wirklich nicht. Und jetzt wird sie heiraten, das werden Sie schon sehen, und dann lebt sie in einem Herrenhaus mit einem Butler und ganzen Scharen von Dienstmädchen.»

Fräulein Honig konnte kaum glauben, was sie da hörte. Sie hatte zwar schon davon gelesen, dass es solche Eltern im ganzen Lande gab und dass sich ihre Kinder zu Verbrechern und Taugenichtsen entwickelten, aber es wirkte wie ein Schock, so ein Elternpaar in Fleisch und Blut zu treffen.

«Das Problem für Matilda», setzte sie noch einmal an, «liegt darin, dass sie allen anderen in ihrer Umgebung so weit voraus ist. Daher würde es sich vielleicht lohnen, über so etwas wie private Förderstunden nachzudenken. Wenn sie richtig angeleitet würde, so glaube ich in allem Ernst, dass sie innerhalb von zwei oder drei Jahren zur Universitätsreife gebracht werden könnte.»

«Universität?», schrie Herr Wurmwald und fuhr in seinem Sessel hoch. «Wer will denn um Himmels willen auf die Universität? Alles, was sie da lernen, ist Faulenzen und Randalieren.»

«Das stimmt nicht», widersprach Fräulein Honig. «Wenn Sie in diesem Augenblick einen Herzinfarkt hätten und nach einem Arzt riefen, so hätte dieser Arzt eine Universität absolviert. Wenn Sie Ärger kriegten, weil Sie jemandem einen miserablen Gebrauchtwagen verkauft haben, so müssten Sie sich einen Rechtsanwalt nehmen, und auch der hätte an einer Universität studiert. Sie dürfen gebildete Menschen nicht verachten, Herr Wurmwald. Aber ich sehe schon, dass wir uns nicht einigen werden. Es tut mir Leid, dass ich so bei Ihnen hereingeplatzt bin.» Fräulein Honig erhob sich und schritt aus dem Zimmer.

Herr Wurmwald folgte ihr bis zur Haustür und sagte: «Nett von Ihnen, dass Sie gekommen sind, Fräulein Hering, oder war es Fräulein Hühnchen?»

«Keins von beiden», entgegnete Fräulein Honig, «aber das macht nichts.» Und damit entschwand sie.

Hammerwurf

Das Nette an Matilda war: Wenn man sie zufällig traf und sich mit ihr unterhielt, hätte man sie für ein vollkommen normales fünfeinhalbjähriges Kind gehalten. Fast nichts deutete auf ihre Begabung hin, und sie gab auch niemals an. «Das ist ein sehr vernünftiges und ruhiges kleines Mädchen», hättest du dir gesagt. Und wenn du sie nicht aus irgendeinem Grunde in eine Diskussion über Literatur oder Mathematik verwickelt hättest, so wäre dir das Ausmaß ihres Verstandes gar nicht klar geworden.

Es fiel Matilda deshalb leicht, sich mit anderen Kindern anzufreunden. Alle in ihrer Klasse mochten sie gern. Sie wussten natürlich, dass sie «klug» war, weil sie das in dem Gespräch mit Fräulein Honig am ersten Schultag gehört hatten. Und sie wussten auch, dass sie während des Unterrichts schweigend mit einem Buch dasitzen durfte und nicht auf die Lehrerin zu achten brauchte. Aber Kinder in diesem Alter gehen den Dingen nicht genau auf den Grund. Sie sind so sehr mit ihren eigenen kleinen Problemen befasst, dass sie sich nicht sonderlich darum kümmern, was die anderen treiben und warum.

Unter Matildas neuen Freunden war ein Mädchen namens Lavendel. Schon am allerersten Schultag hatten die beiden begonnen, in der kleinen und in der großen Pause miteinander auf den Schulhof zu gehen. Lavendel war für ihr Alter außergewöhnlich klein, eine zarte dünne Elfe mit dunkelbraunen Augen und dunklen Haaren, die ihr in Simpelfransen über die Stirn fielen. Matilda mochte sie gern, weil sie Schwung und Mut besaß und Abenteuer liebte. Und genau aus denselben Gründen mochte Lavendel Matilda.

Schon in der ersten Woche ihrer Schulzeit begannen sich bei den Abc-Schützen grässliche Geschichten über Fräulein Knüppelkuh, die Direktorin, zu verbreiten. Als Matilda und Lavendel am dritten Tag in der kleinen Pause in einem Winkel des Schulhofs standen, näherte sich ihnen eine schlampige Zehnjährige, die Hortensia hieß und einen Pickel auf der Nase hatte. «Neuer Nachschub, was?», bemerkte Hortensia und schaute von ihrer großen Höhe zu ihnen hinab. Sie schüttelte eine extragroße Tüte Kartoffelchips und stopfte sich das Zeugs mit vollen Händen in den Mund. «Willkommen in der Besserungsanstalt für jugendliche Schwerverbrecher», setzte sie hinzu, und dabei stoben die Krümel wie Schneegestöber aus ihrem Mund.

Die beiden Kleinen wahrten im Angesicht dieser Riesin ein wachsames Schweigen.

«Seid ihr schon an die Knüppelkuh geraten?», fragte Hortensia.

«Wir haben sie beim Morgengebet gesehen», antwortete Lavendel, «aber getroffen haben wir sie noch nicht.»

«Na, da habt ihr ja noch was Schönes vor euch», sagte Hortensia. «Kleine Kinder kann sie nicht ausstehen. Deshalb findet sie die erste Klasse zum Kotzen. Sie findet, Fünfjährige sind Maden oder Raupen, die noch nicht ausgeschlüpft sind.» Rein mit der nächsten Hand Kartoffelchips und, als sie den Mund wieder aufklappte, raus das nächste Krümelgestöber. «Wenn ihr das erste Jahr hier überlebt, dann schafft ihr's vielleicht grade, euch durch den Rest eurer Zeit hier durchzumogeln. Aber viele überleben erst gar nicht. Sie werden auf Bahren rausgetragen, heulend und schreiend. Hab ich oft gesehen.» Hortensia hielt inne, um zu überprüfen, wie diese Bemerkungen auf die beiden Fliegengewichte wirkten. Sie kamen ihr ziemlich ungerührt vor. Also beschloss die Große, sie mit weiteren Informationen zu füttern.

«Wahrscheinlich wisst ihr ja, dass die Knüppelkuh in ihrer Wohnung einen verschlossenen Schrank hat, den man den Luftabschneider nennt. Habt ihr schon vom Luftabschneider gehört?»

Matilda und Lavendel schüttelten den Kopf und starrten unverwandt zu der Riesin empor. Weil sie so klein waren, neigten sie dazu, allen Geschöpfen zu misstrauen, die sie überragten, vor allem älteren Schulmädchen.

«Der Luftabschneider», fuhr Hortensia fort, «ist ein sehr hoher, aber ganz schmaler Schrank. Der Boden ist knapp einen halben Meter breit, man kann sich also nicht hinsetzen und hinhocken auch nicht. Man muss stehen. Und drei von den Wänden sind aus Zement mit lauter Glasscherben, die überall rausragen, man kann sich also nicht anlehnen. Wenn man da eingesperrt wird, muss man die ganze Zeit stehen, kerzengerade stehen. Das ist fürchterlich.»

«Kann man sich nicht an die Tür lehnen?», fragte Matilda.

«Sei nicht so blöd», sagte Hortensia. «Die Tür ist mit tausend scharfen Nagelspitzen gespickt. Sie sind von draußen durchgehämmert, wahrscheinlich höchstpersönlich von der Knüppelkuh.»

«Bist du da schon mal drin gewesen?», fragte Lavendel.

«In der ersten Klasse sechsmal», antwortete Hortensia, «zweimal einen ganzen Tag und die andern Male jedes Mal zwei Stunden. Aber zwei Stunden sind schon schlimm genug. Es ist stockfinster, und man muss kerzengerade stehen und darf sich nicht rühren, und wenn man wackelt, zerfleischt man sich entweder an den Glasscherben in den Wänden oder an den Nägeln in der Tür.»

«Warum bist du denn eingesperrt worden?», fragte Matilda. «Was hast du gemacht?»

«Beim ersten Mal», erzählte Hortensia, «hab ich eine halbe Dose Ahornsirup auf den Sitz von dem Stuhl gekippt, auf dem die Knüppelkuh beim Morgengebet immer sitzt. Es war wunderbar. Als sie sich auf dem Stuhl niedergelassen hat, da gab's so ein Quatschen, wie es ein Rhinozeros macht, wenn es mit seinen Füßen in den Uferschlamm des Flusses Limpopo hineinstampft. Aber ihr seid ja zu klein und zu dumm, als dass ihr schon die ‹Geschichten für den allerliebsten Liebling› von Kipling gelesen hättet. Stimmt's?»

«Ich hab sie gelesen», antwortete Matilda.

«Du bist eine Hochstaplerin», sagte Hortensia freundlich, «du kannst ja noch nicht einmal lesen. Aber was soll's. Als sich also die Knüppelkuh auf den Ahornsirup setzte, schmatzte der Quatsch ganz wunderbar, und als sie wieder aufsprang, klebte der Stuhl sozusagen am Hosenboden dieser grauenhaften grünen Säcke fest, die sie immer trägt, und stieg mit ihr ein paar Sekunden in die Höhe, bis der zähe Sirup langsam nachgab. Und dann fuhr sie mit den Händen an ihr Hosenhinterteil, und schon hatte sie sich alle beiden Hände mit dem Kleisterzeugs verschmiert. Ihr hättet mal hören sollen, wie sie geheult hat.»

«Aber woher hat sie denn gewusst, dass du das warst?», fragte Lavendel.

«Ein kleiner Mistkerl namens Ole Sumpfblase hat mich verpfiffen», antwortete Hortensia. «Ich hab ihm die Vorderzähne eingeschlagen.»

«Und die Knüppelkuh hat dich für einen ganzen Tag im Luftabschneider eingesperrt?», fragte Matilda mit großen Augen.

«Den ganzen Tag lang», entgegnete Hortensia. «Ich war fix und fertig, als sie mich rausließ. Ich hab wie ein Idiot geröchelt und gesabbert.»

«Und was war das andere, wofür du in den Luftabschneider gesteckt worden bist?», fragte Lavendel.

«Ach, an alles kann ich mich gar nicht erinnern», sagte Hortensia. Sie redete wie ein alter Krieger, der so viele Schlachten geschlagen hat, dass ihm Heldenmut ganz selbstverständlich ist. «Das ist alles so lange her», setzte sie hinzu und warf sich eine neue Ladung Kartoffelchips in den Mund. «Ah ja, eins fällt mir noch ein. Also, da ist Folgendes passiert. Ich hab mir genau den Zeitpunkt ausgesucht, wo ich gewusst hab, die Knüppelkuh war weg und aus dem Weg und gab in der sechsten Klasse Unterricht, da hab ich mich also gemeldet und gefragt, ob ich mal austreten darf. Aber statt dass ich dahin gegangen bin, hab ich mich ins Zimmer von der Knüppelkuh geschlichen. Dann hab ich gesucht, in rasender Eile, und hab auch die Schublade gefunden, in der sie all ihre Turnhosen aufbewahrt.»

«Weiter», sagte Matilda gebannt, «was ist dann passiert?»

«Ja, weißt du, ich hab mir bei so einer Versandfirma ein besonders kräftiges Juckpulver bestellt», sagte Hortensia, «es war ganz schön teuer, und es hat ‹der Haut-Aufheizer› geheißen. In der Beschreibung stand, dass es aus den gemahlenen Zähnen von Giftschlangen besteht, und sie haben einem garantiert, dass es auf der Haut Blasen macht, so groß wie Walnüsse. Also, ich hab dieses Pulver in alle Hosen gestreut, die in der Schublade waren, und dann hab ich sie wieder schön und ordentlich zusammengefaltet.» Hortensia machte eine Pause, um sich wieder Kartoffelchips in den Mund zu stopfen.

«Hat es gewirkt?», fragte Lavendel.

«Tja», sagte Hortensia, «ein paar Tage später, grad beim Gebet, hat die Knüppelkuh plötzlich angefangen, sich wie verrückt am Hintern zu kratzen. Aha, hab ich zu mir gesagt, jetzt geht's los, sie hat also das Turnzeug schon drunter. Es war einfach wunderbar, so dazusitzen und alles genau verfolgen zu können und zu wissen, dass ich der einzige Mensch in der ganzen Schule war, der haargenau gewusst hat, was da in den Hosen von der Knüppelkuh vor sich geht. Und ich hab mich außerdem bombensicher gefühlt. Ich hab gewusst, keiner konnte mich schnappen. Und dann ist die Kratzerei schlimmer geworden. Sie konnte gar nicht mehr aufhören. Sie muss gedacht haben, sie hätte ein Wespennest da unten drin, und dann ist sie mitten im Vaterunser aufgesprungen, hat sich den Hintern festgehalten und ist aus der Aula gestürzt.»

Matilda und Lavendel waren alle beide wie verzaubert. Es war ihnen vollkommen klar, dass sie in diesem Augenblick vor einer Meisterin standen. Hier war jemand, der die Kunst der Gemeinheit in Vollendung beherrschte und darüber hinaus bereit war, bei ihrer Ausübung Kopf und Kragen zu riskieren. Sie starrten diese Göttin voller Ehrfurcht an und plötzlich war selbst der Pickel auf ihrer Nase nicht mehr lächerlich, sondern ein Abzeichen des Mutes.

«Aber wie hat sie dich denn erwischt?», fragte Lavendel fast atemlos vor Bewunderung.

«Hat sie gar nicht», antwortete Hortensia, «aber ich hab trotzdem einen Tag im Luftabschneider verpasst gekriegt.»

«Warum denn?», fragten beide wie aus einem Mund.

«Die Knüppelkuh», erklärte Hortensia, «hat eine widerwärtige Art, den Nagel auf den Kopf zu treffen. Wenn sie nicht weiß, wer der Schuldige ist, dann rät sie einfach drauflos, und es ist ein Jammer, wie Recht sie meistens hat. Ich war diesmal die Hauptverdächtige wegen der Sache mit dem Sirup, und obwohl sie genau wusste, dass sie nicht den geringsten Beweis hatte, konnte ich sagen, was ich wollte, es half mir nichts. Ich schrie die ganze Zeit: ‹Wie hätt ich das denn machen können, Fräulein Knüppelkuh? Ich hab ja nicht mal eine Ahnung, dass Sie Ihre Ersatzunterhosen in der Schule aufbewahren! Ich weiß erst recht nicht, was Juckpulver ist! Ich hab noch nie davon gehört!› Aber das Leugnen hat mir nichts genützt. Trotz meines ganzen Theaters. Die Knüppelkuh hat mich einfach am Ohr gepackt und hat mich Hals über Kopf zum Luftabschneider geschleift und hineingestoßen und die Tür verrammelt. Das war mein zweiter ganzer Tag im Kasten. Es war eine regelrechte Folter. Als ich wieder rauskam, war ich am ganzen Leibe zerschlitzt und zerschnitten.»

«Das ist ja wie Krieg», sagte Matilda fassungslos.

«Da hast du verdammt Recht, das ist wie Krieg», schrie Hortensia, «und die Verluste sind ungeheuerlich. Wir sind die Kreuzfahrer, die todesmutige Armee, wir kämpfen um unser Leben, fast völlig ohne Waffen, und die Knüppelkuh ist der Fürst der Finsternis, die heimtückische Schlange, der Feuer speiende Drache, ihr stehen alle Waffen zur Verfügung. Es ist ein hartes Leben. Jeder von uns versucht, dem andern Beistand zu leisten.»

«Auf uns kannst du dich verlassen», sagte Lavendel und streckte ihre ein Meter zwanzig in die Höhe, so hoch es ging.

«Nein, das kann ich nicht», entgegnete Hortensia, «ihr seid nur kleine Krabben. Aber man weiß schließlich nie. Kann sein, dass wir eines Tages irgendeine Untergrundarbeit für euch haben.»

«Erzähl uns noch ein bisschen mehr davon, was sie so macht», bettelte Matilda, «bitte.»

«Ihr seid ja noch keine Woche hier, ich darf euch keinen zu großen Schrecken einjagen», antwortete Hortensia.

«Tust du auch nicht», antwortete Lavendel. «Wir sind zäh, wenn wir auch noch klein sind.»

«Na, dann hört zu», fuhr Hortensia fort, «erst gestern hat die Knüppelkuh einen Jungen erwischt, den Julius Rottwinkel, der in der Schönschreibstunde Lakritze gelutscht hat. Sie hat ihn einfach am Arm gepackt und hochgehoben und aus dem offenen Fenster geworfen. Unser Klassenzimmer ist im ersten Stock, und wir haben Julius Rottwinkel wie eine Frisbeescheibe über den Garten segeln sehen, bis er mit einem Plumps mitten im Salat gelandet ist. Dann hat sich die Knüppelkuh an uns gewandt und hat gesagt: ‹Von jetzt an fliegt jeder aus dem Fenster, den ich beim Kauen erwische.›»

«Hat sich dieser Julius Rottwinkel die Knochen gebrochen?», fragte Lavendel.

«Nur ein paar», antwortete Hortensia. «Du darfst nicht vergessen, dass die Knüppelkuh mal bei der Olympiade in der britischen Mannschaft gewesen ist, als Hammerwerferin. Deshalb ist sie so stolz auf ihren rechten Arm.»

«Was ist denn Hammerwurf?», fragte Lavendel.

«Der Hammer», erklärte Hortensia, «ist eigentlich eine verdammt schwere Kanonenkugel am Ende von einem langen Stück Draht, und der Hammerwerfer wirbelt sie immer um seinen oder ihren Kopf herum und rum und rum und immer schneller, und dann lässt er sie los. Du musst dazu wahnsinnig stark sein. Die Knüppelkuh wirft und wirbelt alles durch die Gegend, um den Arm in Form zu halten, und ganz besonders gerne Kinder.»

«Du meine Güte», sagte Lavendel.

«Ich hab sie mal sagen hören», fuhr Hortensia fort, «dass ein großer Junge ungefähr das gleiche Gewicht besitzt wie ein olympischer Hammer und dass man deshalb mit ihm besonders gut üben kann.»

In diesem Augenblick geschah etwas Merkwürdiges. Der Schulhof, auf dem bis eben noch die Schreie und Rufe der spielenden Kinder erschollen waren, wurde plötzlich so still wie ein Grab.

«Passt auf!», zischte Hortensia.

Matilda und Lavendel schauten sich um und sahen die Riesengestalt von Fräulein Knüppelkuh, die sich mit drohenden Schritten durch die Schar der Jungen und Mädchen drängte. Die Kinder wichen hastig zurück, um sie vorbeizulassen, und so ähnelte ihr Marsch über den

Asphalt dem von Moses durchs Rote Meer, vor dem sich die Wasser geteilt hatten. Auch sie war in ihren grünen Hosen und ihrem Kittel mit dem Gürtel eine bemerkenswerte Figur. Unterhalb der Kniekehlen wölbten sich die Wadenmuskeln in den wollenen Strümpfen so rund und prall wie Grapefruits. «Amanda Tripp!», rief sie. «Komm hierher, Amanda Tripp!»

«Jetzt haltet euch fest», flüsterte Hortensia.

«Was wird denn passieren?», flüsterte Lavendel zurück.

«Diese blöde Amanda», erklärte Hortensia, «hat sich die Haare in den Schulferien noch länger wachsen lassen, und ihre Mutter hat sie ihr zu Zöpfen geflochten. Völlig schwachsinnig, so was zu machen.»

«Warum schwachsinnig?», fragte Matilda.

«Wenn's eins gibt, was die Knüppelkuh nicht ausstehen kann, so sind das Zöpfe», antwortete Hortensia.

Matilda und Lavendel sahen die Riesin in den grünen Kniehosen auf ein Mädchen von etwa zehn Jahren zuschreiten, dem ein Paar goldblonde Zöpfe auf dem Rücken hingen. Jeder Zopf war mit einer blauen Seidenschleife zugebunden, und das sah alles in allem sehr niedlich aus. Das Mädchen mit den Zöpfen, Amanda Tripp, stand mucksmäuschenstill da und beobachtete die nahende Riesin. Den Ausdruck auf ihrem Gesicht hätte man auch auf dem eines Menschen entdecken können, der sich in einem kleinen Gatter allein mit einem wütenden Stier eingesperrt findet, der gerade zum Angriff ansetzt. Das Mädchen war vor Schreck wie festgenagelt. Es bebte. Die Augen quollen ihm aus dem Kopf, und es wusste, dass ihm endlich der Tag des Jüngsten Gerichtes anbrach.

Fräulein Knüppelkuh hatte unterdessen das Opfer erreicht und blieb darüber gebeugt stehen. «Ich will, dass diese zerzausten Zöpfe verschwunden sind, wenn du dich morgen hier in der Schule wieder blicken lässt!», bellte sie. «Schneid sie ab und schmeiß sie in den Mülleimer, hast du mich verstanden?»

Amanda, starr vor Angst und Schrecken, konnte nur noch stottern: «Meine Mammamamami mag sie aber. Sie flicht sie mir jeden Morgen.»

«Bei deiner Mami piept's!», bellte die Knüppelkuh. Sie deutete mit einem Finger, so dick wie eine Salami, auf den Kopf des Kindes und kreischte: «Du siehst aus wie eine Ratte, der der Schwanz aus dem Kopf kommt!»

«Meine Mammamamami findet, ich sehe hübsch aus, Fräulein Knüknüknüppelkuh», stotterte Amanda und zitterte wie ein Wackelpudding.

«Was deine Mami denkt, kümmert mich einen feuchten Kehricht!», heulte die Knüppelkuh und beugte sich bei diesen Worten vor. Mit ihrer rechten Faust packte sie Amandas Zöpfe und riss das Mädchen einfach vom Boden hoch. Dann fing sie an, sie um den Kopf herumzuwirbeln, herum und herum und immer schneller, und Amanda schrie wie am Spieß, und die Knüppelkuh brüllte: «Ich werd dich Zöpfe flechten lehren, du kleine Ratte!»

«Wie bei der Olympiade», murmelte Hortensia. «Sie nimmt jetzt Geschwindigkeit auf, genauso wie sie es mit dem Hammer gemacht hat. Zehn zu eins, dass sie Amanda wirft.»

Und nun lehnte sich die Knüppelkuh zurück, gegen das Gewicht des wirbelnden Mädchens, drehte sich gekonnt auf den Zehenspitzen um die eigene Achse, wirbelte weiter herum und bald kreiste Amanda Tripp so schnell durch die Luft, dass sie nur noch ein Farbfleck war, und plötzlich ließ die Knüppelkuh die Zöpfe mit einem wilden Grunzen fahren, und Amanda schoss wie eine Rakete hoch über den Drahtzaun des Schulhofs in den Himmel hinauf.

«Guter Wurf, Meister!», rief jemand draußen vorm Schulhof, und Matilda, die die ganze Wahnsinnsangelegenheit gebannt beobachtet hatte, sah, wie Amanda Tripp in einem langen anmutigen Bogen drüben auf dem Sportplatz niederging. Sie landete auf dem Rasen, prallte dreimal auf und kam schließlich zum Stillstand. Dann richtete sie sich erstaunlicherweise auf. Sie wirkte etwas benommen, was man ihr wirklich nicht vorwerfen konnte, aber nach ungefähr einer Minute war sie wieder auf den Füßen und trottete zum Schulhof zurück. Dort stand die Knüppelkuh und klopfte sich den Staub von den Händen. «Nicht schlecht», bemerkte sie, «wenn man bedenkt, dass ich eigentlich nicht im Training bin. Gar nicht so schlecht.» Damit schlenderte sie davon.

«Sie ist verrückt», sagte Hortensia.

«Aber beschweren sich die Eltern denn nicht?», fragte Matilda.

«Würden deine das tun?», fragte Hortensia dagegen. «Meine würden sich nicht mucksen, das weiß ich ganz genau. Sie behandelt die Mütter und Väter genauso wie die Kinder, und sie haben alle einen Heidenrespekt vor ihr. Ich seh euch sicher wieder, ihr beiden.»

Damit hüpfte sie davon.

Theo Torfkopp und
die Torte

Wie kann sie damit durchkommen?», fragte Lavendel Matilda. «Wenn die Kinder nach Hause gehen, erzählen sie doch sicher ihren Eltern davon. Ich weiß bestimmt, mein Vater würde einen fürchterlichen Wirbel machen, wenn ich ihm erzählte, dass mich die Schulleiterin bei den Haaren gepackt und über den Schulzaun geschleudert hätte.»

«Nee, das wird er nicht machen», antwortete Matilda, «und ich will dir auch sagen warum. Er würde dir einfach nicht glauben.»

«Aber natürlich wird er das.»

«Wird er nicht», sagte Matilda, «und der Grund dafür ist klar. Deine Geschichte würde so verrückt klingen, dass sie keiner glaubt. Und das ist der große Trick der Knüppelkuh.»

«Was für ein Trick?», fragte Lavendel.

Matilda antwortete: «Wenn man mit etwas durchkommen will, darf man keine halben Sachen machen. Du musst unverschämt sein und immer mit vollem Dampf voraus. Und du musst darauf achten, dass alles, was du anstellst, so absolut wahnsinnig ist, dass es keiner glaubt. Kein Vater und keine Mutter werden diese Zopfgeschichte schlucken, auch nicht in einer Million Jahren. Meine ganz bestimmt nicht. Sie würden sagen, lüg nicht so.»

«Wenn das so ist», sagte Lavendel, «wird Amandas Mutter ihr auch nicht die Zöpfe abschneiden.»

«Nein, sie bestimmt nicht», antwortete Matilda, «das muss Amanda selber tun. Du wirst schon sehen, was passiert.»

«Glaubst du, dass sie verrückt ist?», fragte Lavendel.

«Wer?»

«Die Knüppelkuh.»

«Nein, dass sie verrückt ist, glaube ich nicht», entgegnete Matilda, «aber sie ist sehr gefährlich. Wenn man in diese Schule geht, dann ist es genauso, als ob man zusammen mit einer Kobra in einem Käfig steckt. Man muss ziemlich flink sein.»

Am folgenden Tag erlebten sie wieder, wie gefährlich die Schulleiterin werden konnte. Während der großen Pause wurde angekündigt, dass sich die ganze Schule gleich danach in der Aula versammeln und hinsetzen sollte.

Nachdem sich alle ungefähr zweihundertundfünfzig Jungen und Mädchen in der Aula niedergelassen hatten, kam die Knüppelkuh auf die Bühne marschiert. Keiner der anderen Lehrer begleitete sie. In der rechten Hand trug sie eine Reitpeitsche. Sie baute sich in ihren grünen Hosen mit gespreizten Beinen mitten auf der Bühne auf, den Reitstock in der Hand und starrte in das Meer der zu ihr emporgewandten Gesichter.

«Was passiert denn jetzt?», flüsterte Lavendel.

«Keine Ahnung», flüsterte Matilda zurück.

Die ganze Schule wartete gespannt auf das, was nun kommen würde.

«Theo Torfkopp!», bellte die Knüppelkuh plötzlich. «Wo steckt Theo Torfkopp?»

Mitten zwischen den Kindern fuhr eine Hand in die Höhe.

«Komm hier rauf», schrie die Knüppelkuh, «und ein bisschen hopp, hopp!»

Ein elfjähriger Junge, der ausgesprochen wohlgenährt war, stand auf und watschelte rasch nach vorn. Er kletterte auf die Bühne.

«Stell dich hierher!», befahl die Knüppelkuh und deutete mit dem Finger auf die Stelle. Der Junge stellte sich neben sie. Er wirkte nervös. Er wusste sehr wohl, dass er nicht hier heraufgerufen worden war, um einen Preis entgegenzunehmen. Er beobachtete die Schulleiterin mit wachsendem Misstrauen und schuffelte mit kleinen Schritten immer weiter beiseite, so wie vielleicht eine Ratte vor einem Terrier zurückweicht, der sie von der anderen Seite des Zimmers aus beobachtet. Sein rundes Mopsgesicht war vor angstvoller Erwartung grau geworden. Seine Socken rutschten ihm über die Knöchel.

«Dieser Dummkopf», dröhnte die Rektorin und deutete mit dem Reitstock wie mit einem Degen auf ihn, «dieser widerliche Pickel, diese Pestbeule, diese Giftwarze, die ihr hier vor euch seht, ist nichts anderes als ein verachtenswerter Verbrecher, ein Bürger der Unterwelt, ein Mitglied der Mafia!»

«Wer ich?», fragte Theo Torfkopp ehrlich verblüfft.

«Ein Dieb!», kreischte die Knüppelkuh. «Ein Hehler. Ein Seeräuber! Ein Straßenräuber! Ein Beutelschneider!»

«Also aber wirklich», sagte der Junge, «ich wollte sagen, das können Sie vergessen, Frau Rektorin.»

«Leugnest du etwa, du hinterlistiger kleiner Giftzwerg? Behauptest du, nicht schuldig zu sein?»

«Ich hab ja gar keine Ahnung, wovon Sie reden», sagte der Junge, der immer verwirrter wurde.

«Ich werd dir sagen, wovon ich rede, du ekelhafter kleiner Fettfleck!», schrie die Knüppelkuh. «Gestern Vormittag bist du in der Pause wie eine Schlange in die Küche geschlichen und hast dir eine Scheibe von meinem privaten Schokoladenkuchen von meinem Teetablett gestohlen! Dieses Tablett war gerade ganz speziell für mich von der Köchin vorbereitet worden. Es war mein Vormittagsimbiss. Und was den Kuchen anbelangt, so stammte er aus meinen privaten Vorräten! Das war kein Kuchen für euch Knaben! Du bildest dir wohl keine Sekunde lang ein, dass ich den Fraß auch nur anrühre, den ich euch geben lasse? Dieser Kuchen war eine Torte, und der Teig enthielt echte Butter und wirkliche Sahne! Und er, dieser Bandit und Wegelagerer, dieser Safeknacker, dieser Räuber, der da drüben mit seinen Rutschestrümpfen steht, er hat die Torte gestohlen und verschlungen!»

«Hab ich nicht!», rief der Junge aus und wurde leichenblass statt grau.

«Lüg mich nicht an, Torfkopp», bellte die Knüppelkuh, «die Köchin hat dich gesehen! Und nicht nur das, sie hat auch gesehen, wie du gekaut hast.»

Die Knüppelkuh hielt inne, um sich einen Flocken Schaum von den Lippen zu wischen. Als sie abermals zu reden begann, klang ihre Stimme plötzlich milde und geschmeidig, und sie beugte sich mit einem Lächeln zu dem Knaben hinab. «Hat dir meine ganz spezielle Schokoladentorte gut geschmeckt, Torfkopp? Ist sie nicht köstlich? Schmeckt sie nicht lecker, Torfkopp?»

«Ja, sehr lecker», murmelte der Junge. Die Worte waren ihm entschlüpft, ehe er sich beherrschen konnte.

«Du hast Recht», antwortete die Knüppelkuh, «sie ist überaus lecker. Deshalb bin ich der Ansicht, dass du der Köchin gratulieren solltest. Wenn ein Herr eine besonders gute Mahlzeit genossen hat, Torfkopp, dann lässt er dem Küchenchef immer seine Komplimente ausrichten. Das hast du nicht gewusst, nicht wahr, Torfkopp? Aber diejenigen, die sich in der Unterwelt der Verbrecher heimisch fühlen, zeichnen sich selten durch gute Manieren aus.»

Der Junge verharrte in Schweigen.

«Köchin!», rief die Knüppelkuh und wandte den Kopf zur Tür. «Herein mit Ihnen, Köchin! Torfkopp möchte Ihnen sagen, wie gut er Ihren Schokoladenkuchen findet.»

Die Köchin, eine große verschrumpelte Frau, die so aussah, als ob ihr schon vor langer Zeit der ganze Lebenssaft in einem heißen Backofen verdampft wäre, trat in einer schmutzigen weißen Schürze auf die Bühne.

Ihr Auftritt war ganz offensichtlich vorher von der Schulleiterin arrangiert worden.

«Also los, Torfkopp», dröhnte die Knüppelkuh, «sag der Köchin, was du von ihrem Schokoladenkuchen hältst.»

«Sehr gut», murmelte der Junge. Man konnte genau erkennen, wie er sich den Kopf zerbrach, auf was dieses alles hinauslief. Das Einzige, was er genau wusste, war: Das Gesetz verbot der Knüppelkuh, ihn mit der Reitgerte zu verprügeln, mit der sie sich ununterbrochen gegen die Schenkel schlug. Das war ein gewisser Trost, wenn auch ein schwacher, denn die Knüppelkuh war vollkommen unberechenbar. Man wusste nie, was sie als Nächstes unternehmen würde.

«Na also, Köchin», rief die Knüppelkuh, «Torfkopp hat Ihre Torte geschmeckt. Er betet Ihre Torte an. Haben Sie nicht vielleicht noch ein bisschen Torte übrig, die Sie ihm geben könnten?»

«Das habe ich in der Tat», antwortete die Köchin. Sie schien diesen Satz auswendig gelernt zu haben.

«Dann holen Sie sie rasch. Und bringen Sie auch ein Messer mit, damit man sie anschneiden kann.»

Die Köchin verschwand. Doch fast im Handumdrehen war sie wieder da und wankte unter dem Gewicht einer gewaltigen runden Schokoladentorte auf einem Tortenteller aus Porzellan. Der Kuchen maß einen guten halben Meter im Durchmesser und war mit dunkelbrauner Schokoladenglasur überzogen. «Stellen Sie sie dort auf den Tisch», befahl die Knüppelkuh.

Auf der Bühne befand sich ein kleiner Tisch, hinter dem ein Stuhl stand. Die Köchin stellte die prachtvolle Torte vorsichtig auf dem Tisch ab.

«Setz dich, Torfkopp», sagte die Knüppelkuh, «setz dich hierher.»

Der Junge schob sich vorsichtig zum Tisch und setzte sich hin. Er starrte den riesenhaften Kuchen an.

«Da hast du's nun, Torfkopp», sagte die Knüppelkuh, und ihre Stimme bekam abermals den sanften, überredenden, fast zärtlichen Ton. «Das ist alles für dich, bis zum letzten Bissen. Weil dir die eine Scheibe, die du gestern gegessen hast, so gut geschmeckt hat, hab ich der Köchin befohlen, eine extragroße Torte ganz allein für dich zu backen.»

«Oh, danke schön», sagte der Junge vollkommen verstört.

«Du musst der Köchin danken, nicht mir.»

«Vielen Dank, Köchin», sagte der Junge.

Die Köchin stand wie ein zusammengeschnürter Schnürsenkel da, Lippen fest zusammengepresst, feindselig, missgünstig. Sie sah so aus, als ob sie in eine Zitrone gebissen hätte.

«Also los», sagte die Knüppelkuh, «warum schneidest du dir nicht eine schöne dicke Scheibe ab und kostest die Torte erst einmal?»

«Was? Jetzt?», fragte der Junge misstrauisch. Er wusste, dass die Sache irgendeinen Haken hatte, nur nicht wo. «Kann ich sie nicht einfach mit nach Hause nehmen?»

«Das wäre unhöflich», antwortete die Knüppelkuh mit einem boshaften Grinsen. «Du musst der Köchin hier doch zeigen, wie dankbar du ihr für all die Arbeit und Mühe bist, die sie auf sich genommen hat.»

Der Junge regte sich nicht.

«Also hopp jetzt, fang an», sagte die Knüppelkuh. «Schneid dir eine Scheibe ab und beiß rein. Wir haben nicht den ganzen Tag Zeit.»

Der Junge hob das Messer auf und war schon im Begriff, in die Torte zu schneiden, als er innehielt. Er beäugte die Torte. Dann schaute er zur Knüppelkuh empor, dann zu der langen dürren Köchin mit ihrem Zitronensaftmund. Alle Kinder in der Aula sahen gespannt zu und warteten darauf, dass irgendetwas geschah. Denn das, hatten sie das Gefühl, war unvermeidlich. Die Knüppelkuh gehörte nicht zu den Menschen, die einem eine ganze Schokoladentorte aus reiner Nächstenliebe schenkten. Einige tippten darauf, dass sie mit Pfeffer oder Rizinusöl gefüllt war oder irgendeine Zutat enthielt, die so Ekel erregend schmeckte, dass der Junge wie ein Reiher würde kotzen müssen. Es konnte auch Arsen sein, und dann würde er in genau zehn Sekunden tot umfallen. Oder vielleicht war es eine Scherztorte, und das ganze Ding flog in die Luft, sowie man es anschnitt, wobei Torfkopp mitgerissen würde. Alles das trauten die Schüler der Knüppelkuh zu, ohne mit der Wimper zu zucken.

«Ich möchte nichts davon essen», sagte der Junge.

«Du probierst sie, du Lauselümmel», sagte die Knüppelkuh, «du beleidigst die Köchin.»

Da begann der Junge sehr zimperlich und vorsichtig, sich eine dünne Scheibe aus der Riesentorte zu schneiden. Dann hob er die Scheibe heraus. Er legte das Messer hin und nahm das klebrige Stück in die Hand und begann es langsam zu essen.

«Lecker, nicht wahr?», fragte die Knüppelkuh.

«Sehr gut», antwortete der Junge, während er kaute und schluckte. Er aß das Stück auf.

«Nimm dir noch eins», sagte die Knüppelkuh.

«Ich hab genug, vielen Dank», murmelte der Junge.

«Ich hab gesagt, nimm dir noch eins», wiederholte die Knüppelkuh, und jetzt erklang ein sehr viel schärferer Ton in ihrer Stimme. «Iss die zweite Scheibe! Tu, was man dir sagt!»

«Ich mag kein zweites Stück», sagte der Junge.

Plötzlich explodierte die Knüppelkuh. «Iss!», schrie sie und schlug sich mit der Reitgerte gegen die Schenkel. «Wenn ich dir sage, dass du essen sollst, dann wirst du essen. Du hast Torte gewollt! Du hast Torte gestohlen! Und jetzt hast du Torte gekriegt! Nicht nur das, du wirst sie auch essen. Du verlässt diese Bühne nicht, und keiner verlässt die Aula, bis du die ganze Torte aufgegessen hast, die vor dir steht. Habe ich mich deutlich ausgedrückt, Torfkopp? Hast du verstanden, was ich meine?»

Der Junge schaute die Knüppelkuh an. Dann schaute er auf die Riesentorte.

«Iss! Iss! Iss!», schrie die Knüppelkuh.

Zögernd schnitt sich der Junge ein zweites Stück ab und begann es zu essen.

Matilda war fasziniert. «Glaubst du, dass er es schafft?», flüsterte sie Lavendel zu.

«Nein», flüsterte Lavendel zurück. «Das ist unmöglich. Es wird ihm übel sein, eh er die Hälfte verputzt hat.»

Der Junge kaute weiter. Als er das zweite Stück aufgegessen hatte, zögerte er und schaute zur Knüppelkuh.

«Iss!», schrie sie. «Gierige kleine Diebe, die gerne Kuchen mögen, müssen Kuchen kriegen! Iss schneller, Junge! Iss schneller! Wir wollen hier nicht den ganzen Tag rumsitzen! Und keine Pausen so wie jetzt! Wenn du noch einmal eine Pause machst, eh du ganz und gar fertig bist, geht's geradewegs in den Luftabschneider, und ich werde höchstpersönlich die Tür verschließen und den Schlüssel in den Brunnen werfen!»

Der Junge schnitt sich eine dritte Scheibe ab und begann sie zu verzehren. Er war damit rascher als mit den ersten beiden fertig, und sofort griff er nach dem Messer und schnitt sich die nächste Scheibe ab. Er schien auf eine merkwürdige Art und Weise zu seinem eigenen Rhythmus zu kommen.

Matilda, die wie gebannt zuschaute, erkannte an dem Jungen noch keine Anzeichen von Verzweiflung. Er schien vielmehr in dem Maße Zuversicht zu gewinnen, in dem er weitermachte.

«Er kommt gut voran», flüsterte sie Lavendel zu.

«Es wird ihm schon bald übel werden», flüsterte Lavendel zurück. «Das wird grauenhaft sein.»

Als Theo Torfkopp die erste Hälfte dieser Riesentorte verdrückt hatte, hielt er nur für ein paar Sekunden inne und holte ein paar Mal tief Luft.

Schon stand die Knüppelkuh mit den Händen auf den Hüften neben ihm und schaute ihn drohend an. «Vorwärts! Weiter!», rief sie. «Aufessen!»

Plötzlich ließ der Junge einen gigantischen Rülpser fahren, der wie Donner durch die Aula rollte. Viele Schüler fingen an zu kichern.

«Ruhe!», brüllte die Knüppelkuh.

Der Junge schnitt sich abermals ein dickes Stück ab und fing an, es mit großer Geschwindigkeit zu verschlingen. Es waren ihm noch immer weder Erschöpfung noch Übelkeit anzumerken. Er sah ganz und gar nicht so aus, als müsste er abbrechen und ausrufen: «Ich kann nicht mehr, ich kann keinen einzigen Bissen mehr! Ich muss mich übergeben!» Er war immer noch im besten Schwung.

Und nun bahnte sich bei den zweihundertundfünfzig Kindern, die ihm in der Aula zuschauten, ein leiser Wandel an. Zu Beginn hatten sie ein drohendes Unheil gewittert. Sie hatten sich auf eine unerfreuliche Szene eingestellt, in der der unglückselige Junge, bis zu den Kiemen mit Schokoladentorte voll gestopft, aufgeben und um Gnade flehen müsste, und dann hätten sie zuschauen müssen, wie die triumphierende Knüppelkuh mehr und immer mehr Torte in den Mund des keuchenden Jungen stopfte.

Aber so verlief die Sache ganz und gar nicht. Theo Torfkopp hatte sich zu drei Vierteln durchgefuttert und zeigte immer noch keine Schwäche. Man hatte vielmehr das Gefühl, dass es ihm allmählich fast Spaß machte. Er musste einen Berg erklimmen, und er war fest entschlossen, den Gipfel zu erreichen oder dabei umzukommen. Und er war sich unterdessen seiner Zuschauer sehr bewusst geworden und wie sie ihm stillschweigend alle den Daumen drückten. Dies war ja nichts anderes als ein Entscheidungskampf zwischen ihm und der mächtigen Knüppelkuh.

Plötzlich schrie einer: «Weiter, Theo! Du schaffst es!»

Die Knüppelkuh fuhr herum und heulte: «Ruhe!»

Die Zuschauer verfolgten alles wie gebannt. Der Wettkampf hatte sie gepackt. Sie sehnten sich danach, Theo anzuspornen, aber sie wagten es nicht.

«Ich glaube, er schafft es», flüsterte Matilda.

«Ich glaub's fast auch», flüsterte Lavendel zurück. «Ich hätte nie im Leben geglaubt, dass jemand eine Torte von dieser Größe ganz allein aufessen könnte.»

«Die Knüppelkuh hat das auch nicht geglaubt», flüsterte Matilda, «schau sie doch an. Sie wird immer röter. Wenn er gewinnt, wird sie ihn erschlagen.»

Der Junge wurde jetzt langsamer, es war nicht zu bezweifeln. Aber er stopfte sich das Zeug mit der verbiesterten Ausdauer eines Langstreckenläufers in den Mund, der schon die Ziellinie sieht und weiß, er muss nur einfach noch durchhalten. Als der allerletzte Happen verschwand, erhob sich in der Aula ein ohrenbetäubender Jubel, die Kinder sprangen von ihren Stühlen auf und jubelten und klatschten und riefen: «Bravo, Theo! Gut gemacht, Theo! Du hast eine Goldmedaille gewonnen, Theo!»

Die Knüppelkuh stand reglos auf der Bühne. Ihr großes Pferdegesicht hatte die Farbe von geschmolzener Lava angenommen, und ihre Augen funkelten vor Wut. Sie starrte Theo Torfkopp an, der wie eine fette, überfütterte Made auf seinem Stuhl saß, zum Platzen voll, halb betäubt, unfähig, sich zu rühren oder zu reden. Feine Schweißperlen glitzerten auf seiner Stirn, aber auf seinem Gesicht lag ein triumphierendes Grinsen.

Plötzlich griff die Knüppelkuh nach vorn und packte die große leere Porzellanplatte, auf der die Torte gewesen war. Sie hob sie hoch in die Luft und ließ sie genau auf den Schädel des unglücklichen Theo Torfkopp knallen, dass es nur so klirrte und die Scherben auf der ganzen Bühne herumflogen.

Der Junge war aber so mit Torte angefüllt, dass er einem Sack voll nassem Zement glich, und man hätte ihm nicht einmal mit einem Schmiedehammer etwas anhaben können. Er schüttelte also nur ein paar Mal den Kopf und grinste weiter.

«Fahr zur Hölle!», kreischte die Knüppelkuh und marschierte von der Bühne. Die Köchin folgte ihr auf den Fersen.

Lavendel

Mitten in der ersten Woche von Matildas erstem Schuljahr sagte Fräulein Honig zur Klasse:

«Ich habe einige wichtige Mitteilungen für euch, hört also genau zu. Du auch, Matilda. Leg das Buch einen Augenblick beiseite und pass mit auf.»

Lauter kleine emsige Gesichter schauten auf, und alle hörten zu.

«Es ist die Gewohnheit der Schulleiterin», fuhr Fräulein Honig fort, «die Klasse in jeder Woche für eine Schulstunde zu übernehmen. Sie macht das in allen Klassen in der Schule, und jede Klasse kommt an einem ganz bestimmten Tag und zu einer ganz bestimmten Zeit an die Reihe. Bei uns ist das immer zwei Uhr am Donnerstagnachmittag, unmittelbar nach dem Mittagessen. Fräulein Knüppelkuh wird also morgen um zwei eine Stunde von mir übernehmen. Ich werde selbstverständlich auch da sein, aber nur als stumme Zuhörerin, habt ihr das verstanden?»

«Ja, Fräulein Honig», zirpten sie.

«Noch eine Warnung für euch alle», fuhr Fräulein Honig fort, «die Frau Rektorin ist mit allem sehr streng. Achtet also darauf, dass eure Kleider sauber sind, dass eure Gesichter sauber sind und dass eure Hände sauber sind. Redet nur, wenn ihr angesprochen werdet. Wenn sie euch eine Frage stellt, so steht auf, bevor ihr die Antwort gebt. Lasst euch nie auf einen Streit mit ihr ein. Widersprecht ihr niemals. Versucht niemals, witzig zu sein. Das macht sie ärgerlich, und wenn die Frau Rektorin ärgerlich wird, müsst ihr ganz gehörig auf der Hut sein.»

«Das kann man wohl sagen», murmelte Lavendel.

«Ich bin fest davon überzeugt», fuhr Fräulein Honig fort, «dass sie prüfen wird, was ihr in dieser Woche habt lernen sollen, nämlich das Einmalzwei. Ich rate euch also dringend, es noch einmal schön zu üben, wenn ihr nachher zu Hause seid. Bittet eure Mutter oder euren Vater, euch abzuhören.»

«Worin wird sie uns denn noch prüfen?», erkundigte sich jemand.

«Im Buchstabieren», antwortete Fräulein Honig. «Versucht euch gut an alles zu erinnern, was ihr in diesen letzten paar Tagen gelernt habt. Und noch etwas. Es muss hier immer ein Krug Wasser und ein Glas auf dem Tisch stehen, wenn die Frau Rektorin eintritt. Ohne das erteilt sie niemals Unterricht. Wer will also die Verantwortung übernehmen und darauf achten, dass alles vorhanden ist?»

«Ich», antwortete Lavendel sofort.

«Sehr gut, Lavendel», sagte Fräulein Honig, «es wird nun deine Aufgabe sein, kurz vor Beginn der Stunde in die Küche zu gehen und den Krug zu holen und mit Wasser zu füllen und hier auf diesen Tisch neben ein sauberes leeres Glas zu stellen.»

«Und was, wenn der Krug nicht in der Küche ist?», erkundigte sich Lavendel.

«Es gibt in der Küche Dutzende von Krügen und Gläsern, die der Frau Rektorin gehören», antwortete Fräulein Honig, «sie werden überall in der Schule gebraucht.»

«Ich werde es nicht vergessen», sagte Lavendel. «Ich verspreche, dass ich es nicht vergesse.»

Schon begann Lavendels planender Verstand sich mit den Möglichkeiten zu befassen, die sich durch diese Wasserkrugsache für sie eröffneten. Sie war ganz versessen darauf, eine wahre Heldentat zu vollbringen. Sie betete das ältere Mädchen Hortensia fast an wegen seiner wagemutigen Streiche, die es hier in der Schule gespielt hatte. Sie bewunderte auch Matilda, die ihr unter dem Siegel der Verschwiegenheit von der Papageiengeschichte erzählt hatte, die sie zu Hause durchgeführt hatte, und auch von dem großen Haarwasserstreich, dem ihr Vater die blonden Haare verdankt hatte. Jetzt war sie an der Reihe, eine Heldin zu werden, sie musste sich nur einen fabelhaften Plan zurechtlegen.

Als sie an diesem Nachmittag von der Schule nach Hause ging, begann sie die verschiedenen Möglichkeiten zu erwägen, und als sie schließlich den Keim einer blendenden Idee erwischte, hegte und pflegte sie ihn, ließ ihn wachsen und gedeihen und arbeitete ihren Schlachtplan genauso sorgfältig aus wie der Herzog von Wellington vor der Schlacht von Waterloo. Wenn der Feind in diesem Fall auch nicht Napoleon war, so hätte man in Mahlheim Hall doch keinen getroffen, der zugegeben hätte, dass die Schulleiterin ein weniger gefährlicher Gegner als der berühmte Franzose wäre. Lavendel sagte sich, dass sie mit großem Geschick vorgehen und tiefes Schweigen bewahren müsste, wenn sie diese Unternehmung bei lebendigem Leibe überstehen wollte.

Am Ende von Lavendels Garten gab es einen verschlammten Teich, der eine Kolonie von Wassermolchen beherbergte. Der Molch, obgleich in englischen Teichen und Seen recht verbreitet, zeigt sich den Menschen nur selten, weil er ein scheues Geschöpf ist, das im Schatten lebt. Er ist ein unbeschreiblich hässliches Tier, sieht eklig aus, ungefähr wie ein Krokodilbaby, nur mit einem kürzeren Kopf. Er ist vollkommen harmlos, was man ihm aber nicht ansieht. Er ist etwa zwanzig Zentimeter lang und ziemlich glitschig, die Haut auf seinem Rücken ist grünlich grau und die unten auf dem Bauch orangefarben. Er gehört, ganz korrekt gesagt, zu den Amphibien, die im Wasser und auf dem Trockenen leben können.

An diesem Abend ging Lavendel hinten in den Garten und war fest entschlossen, einen Molch zu fangen. Molche sind sehr flinke Tiere, und sie lassen sich nicht leicht erwischen.

Lavendel lag lange Zeit auf der Lauer und wartete geduldig, bis sie einen wahren Mordskerl ausmachte. Da schlug sie zu, indem sie ihren Schulhut als Fangnetz benutzte, und erwischte den Molch. Sie hatte ihren Griffelkasten schon vorsorglich als Behältnis für das Tier mit Gras ausgefüttert, stellte nun aber fest, dass es gar nicht so einfach war, den Molch aus dem Hut und in den Griffelkasten zu bugsieren. Er zippelte und zappelte wie Quecksilber, und der Kasten war nur so lang, dass er gerade hineinpasste. Als sie ihn schließlich drinnen hatte, musste sie aufpassen, dass sie ihm den Schwanz nicht einklemmte, als sie den Deckel zuschob. Ein Junge in der Nachbarschaft, der Rupert Einwinkel hieß, hatte ihr erzählt, dass der abgehackte Schwanz eines Molches lebendig blieb und aus sich heraus einen neuen Molch wachsen ließ, der zehnmal größer war als der erste. Er konnte ganz gut so groß wie ein Alligator werden. Lavendel glaubte das zwar nicht ganz, wollte jedoch dieses Risiko vermeiden.

Schließlich gelang es ihr, den Deckel des Griffelkastens richtig zuzuschieben, und damit hatte sie den Molch. Dann fiel ihr aber etwas ein, und sie schob den Deckel ein winziges bisschen auf, damit das Tier auch atmen konnte.

Am nächsten Tag transportierte sie ihre Geheimwaffe im Ranzen in die Schule. Sie platzte fast vor Aufregung. Sie hätte am liebsten Matilda in ihren ganzen Schlachtplan eingeweiht. Am allerliebsten hätte sie es der ganzen Klasse erzählt. Aber sie kam schließlich zu dem Entschluss, keinem etwas zu sagen. So war es besser, denn dann konnte keinem ihr Name entschlüpfen, selbst wenn die härteste Folter angewandt wurde.

So kam die Zeit für die Mittagspause. Es gab heute Würstchen und gebackene Bohnen, Lavendels Lieblingsessen, aber sie konnte keinen Bissen herunterbringen.

«Geht's dir nicht gut, Lavendel?», fragte Fräulein Honig vom Tischende.

«Ich hab so viel gefrühstückt», antwortete Lavendel, «ich kann wirklich noch nichts wieder essen.»

Sofort nach dem Essen stürzte sie in die Küche und nahm sich einen der berühmten Knüppelkuh-Krüge. Es war ein großes dickes Ding aus blau glasiertem Steingut. Lavendel füllte den Krug halb mit Wasser voll, trug ihn mit einem Glas ins Klassenzimmer und stellte ihn auf den Lehrertisch. Blitzgeschwind holte Lavendel ihren Griffelkasten aus dem Ranzen und schob den Deckel nur ein klitzekleines bisschen auf. Der Wassermolch lag reglos da. Da hob sie den Kasten mit großer Vorsicht über die Schnauze des Kruges, zog den Deckel ganz und gar auf und kippte den Molch hinein. Es platschte, als er im Wasser landete, und dann fuhr er ein paar Sekunden lag wie wild herum, ehe er sich in dem Krug einrichtete. Und damit er sich dort auch richtig wie zu Hause fühlte, beschloss Lavendel, ihm auch das Grünzeug aus dem Griffelkasten ins Wasser zu geben.

Damit war die Tat getan. Alles war fertig und vorbereitet. Lavendel packte ihre Bleistifte wieder in den ziemlich feuchten Griffelkasten und stellte diesen auf seinen angestammten Platz auf ihrem eigenen Pult. Dann lief sie hinaus und gesellte sich zu den anderen auf dem Schulhof, bis es Zeit für die nächste Unterrichtsstunde war.

Wochenprüfung

Schlag zwei Uhr versammelte sich die Klasse wieder, Fräulein Honig eingeschlossen, die sich davon überzeugte, dass der Wasserkrug und das Glas an ihrem Platz standen. Dann nahm sie den ihren ein und stellte sich hinten in das Zimmer. Und schon nahte die gewaltige Gestalt der Schulleiterin in ihrem gegürteten Kittel und den grünen Kniehosen und marschierte herein.

«Guten Tag, Kinder», bellte sie.

«Guten Tag, Fräulein Knüppelkuh», zirpten sie.

Die Schulleiterin stellte sich vor der Klasse auf, Beine gespreizt, Hände auf den Hüften und funkelte die kleinen Buben und Mädchen an, die voller Unruhe vor ihr an ihren Pulten saßen.

«Kein sehr erfreulicher Anblick», sagte sie. Ihre Miene drückte tiefsten Ekel aus, als ob sie etwas betrachtete, was ein Hund mitten auf dem Fußboden erledigt hätte. «Was seid ihr nur für eine Horde von kotzwürdigen kleinen Kröpsen.»

Alle waren vernünftig genug, um mucksmäuschenstill zu bleiben.

«Ich möchte mich übergeben», fuhr sie fort, «wenn ich nur daran denke, dass ich mich in den nächsten sechs Jahren mit so einem Haufen Müll in meiner Schule befassen muss, wie ihr es seid. Aber ich werde schon dafür sorgen, dass möglichst viele rausfliegen, und zwar ein bisschen plötzlich, sonst wär's ja nicht zum Aushalten.» Sie hielt inne und schnaubte ein paar Mal. Das war ein merkwürdiges Geräusch. Man kann die gleichen Töne hören, wenn man einmal beim Füttern durch einen Pferdestall geht. «Ich nehme an», fuhr sie fort, «dass euch eure Mütter und Väter einblasen, ihr wäret wunderbar. Also, ich bin hier, um euch das Gegenteil zu sagen und ihr solltet lieber mir glauben. Alle Mann aufgestanden!»

Sie stellten sich geschwind auf ihre Füße.

«Jetzt die Hände nach vorne gestreckt. Und wenn ich an euch vorbeigehe, dann wünsche ich, dass ihr sie umdreht, damit ich prüfen kann, ob sie von beiden Seiten sauber sind.»

Die Knüppelkuh begann einen langsamen Marsch zwischen den Bankreihen hindurch und inspizierte die Hände. Alles ging gut, bis sie zu einem kleinen Jungen in der zweiten Reihe kam.

«Dein Name?», bellte sie.

«Nigel», antwortete der Junge.

«Nigel was?»

«Nigel Hicks», sagte der Junge.

«Nigel Hicks was?», bellte die Knüppelkuh so laut, dass sie den kleinen Kerl fast durchs Fenster gepustet hätte.

«Das ist alles», antwortete Nigel, «außer Sie wollen meinen zweiten Vornamen auch noch wissen.» Er war ein tapferer kleiner Junge, und man konnte sehen, dass er versuchte, sich nicht in Angst und Schrecken versetzen zu lassen von der Menschenfresserin, die da vor ihm aufragte.

«Ich bin nicht im Geringsten an deinem zweiten Vornamen interessiert, du Wanze!», bellte die Menschenfresserin. «Wie lautet mein Name?»

«Fräulein Knüppelkuh», antwortete Nigel.

«Dann benutz ihn gefälligst, wenn du mit mir sprichst! Also los, wollen wir es noch mal versuchen. Wie heißt du?»

«Nigel Hicks, Fräulein Knüppelkuh», entgegnete Nigel.

«Schon besser», knurrte die Knüppelkuh. «Deine Hände starren vor Dreck, Nigel! Wann hast du sie das letzte Mal gewaschen?»

«Also, da muss ich mal nachdenken», sagte Nigel. «Es ist ziemlich schwer, sich genau daran zu erinnern. Es könnte gestern gewesen sein oder vielleicht auch vorgestern.»

Der ganze Körper der Knüppelkuh samt ihrem Gesicht schienen so anzuschwellen, als ob sie jemand mit der Fahrradpumpe aufgepumpt hätte. «Wusste ich's doch!», bellte sie. «Ein Blick auf dich, und ich hab genau gewusst, dass du nichts als ein Stück Dreck bist. Was tut dein Vater, karrt er den Müll weg?»

«Er ist Arzt», antwortete Nigel, «und ein richtig guter. Er sagt, wir sind alle miteinander so voll von Bazillen, dass einem ein bisschen Extradreck auch nicht viel schadet.»

«Da bin ich nur froh, dass er nicht mein Hausarzt ist», sagte die Knüppelkuh. «Und wenn ich fragen dürfte, warum klebt dir eine gebackene Bohne vorne am Hemd?»

«Die gab's zu Mittag, Fräulein Knüppelkuh.»

«Und schmierst du dir immer dein Mittagessen vorne aufs Hemd, Nigel? Hat dir das dein berühmter Arzt-Vater beigebracht?»

«Gebackene Bohnen lassen sich schlecht essen, Fräulein Knüppelkuh. Sie fallen mir immer von der Gabel.»

«Du bist ekelhaft!», fauchte die Knüppelkuh. «Du bist eine wandelnde Bazillenfabrik! Ich wünsche nicht, dich heute noch einmal zu sehen. Los, stell dich in die Ecke, und zwar auf einem Bein und mit dem Gesicht zur Wand!»

«Aber Fräulein Knüppelkuh ...»

«Keine Widerworte, Junge. Sonst lass ich dich Kopfstand machen! Also tu, was ich dir gesagt habe!»

Nigel schlich davon.

«Jetzt bleib, wo du bist, Junge, während ich deine Rechtschreibung prüfe, um zu sehen, ob du in dieser Woche überhaupt etwas gelernt hast. Und dreh dich nicht um, wenn du mit mir sprichst. Lass dein scheußliches kleines Gesicht an der Wand. Und jetzt los, buchstabier Pferd.»

«Welches denn?», fragte Nigel. «Das, was der Wagen tut, oder das, was den Wagen zieht?» Er war zufällig ein ungewöhnlich aufgewecktes Kind, und seine Mutter hatte ihm schon zu Hause ziemlich viel Lesen und Schreiben beigebracht.

«Das, was den Wagen zieht, du Holzkopf!»

Nigel buchstabierte das Wort fehlerfrei, was die Knüppelkuh verblüffte. Sie hatte sich eingebildet, sie hätte ihm ein Wort mit besonders vielen Fußfallen gegeben, eins, das er vielleicht noch gar nicht gehabt hatte, und es verdarb ihr die Laune, dass er die Aufgabe richtig gelöst hatte.

Da sagte Nigel, der immer noch auf einem einzigen Bein balancierte und die Klassenwand anschaute: «Fräulein Honig hat uns gestern beigebracht, ein ganz langes neues Wort zu buchstabieren.»

«Und was ist das für ein Wort gewesen?», fragte die Knüppelkuh mit milder Stimme. Je milder ihre Stimme wurde, desto größer wurde die Gefahr. Aber das konnte Nigel noch nicht wissen.

«Kapuziner», antwortete Nigel, «jetzt können alle in der Klasse Kapuziner buchstabieren.»

«Was für ein Unfug!», bemerkte die Knüppelkuh. «So lange Wörter sollt ihr frühestens mit acht oder neun lernen. Du kannst mir also nicht vormachen, dass jeder in der Klasse dieses Wort buchstabieren kann. Du lügst mir ins Gesicht, Nigel.»

«Fragen Sie doch wen», sagte Nigel in einem Anfall von Tollkühnheit, «fragen Sie, wen Sie wollen.»

Die gefährlich glitzernden Augen der Knüppelkuh wanderten gemächlich durch die Klasse. «Du», sagte sie und deutete auf ein winziges und ziemlich dämliches kleines Mädchen namens Paula, «buchstabier Kapuziner.»

Verblüffenderweise buchstabierte Paula das Wort wie aus der Pistole geschossen und ohne einen Fehler.

Die Knüppelkuh war völlig baff. «Hm», schnaubte sie, «soll ich also annehmen, dass Fräulein Honig eine ganze Unterrichtsstunde vergeudet hat, nur um euch beizubringen, wie man ein einziges Wort buchstabiert?»

«O nein, ganz und gar nicht», piepste Nigel. «Fräulein Honig hat es uns in drei Minuten so beigebracht, dass wir es nie wieder vergessen. Sie hat uns viele Wörter in drei Minuten beigebracht.»

«Und worin beruht diese Zaubermethode, Fräulein Honig?», fragte die Schulleiterin.

«Ich werd's Ihnen vormachen», piepste wieder der tapfere Nigel, um Fräulein Honig zu retten. «Darf ich bitte mein Bein wieder runternehmen und mich umdrehen, wenn ich's Ihnen vormache?»

«Weder noch!», fuhr ihn die Knüppelkuh an. «Bleib, wie du bist und wo du bist, und mach's mir trotzdem vor.»

«Na schön», antwortete Nigel, der wie betrunken auf seinem einen Bein hin und her schwankte. «Fräulein Honig bringt uns zu jedem Wort ein kleines Liedchen bei, und dann singen wir's alle zusammen und haben im Handumdrehen das Buchstabieren gelernt. Möchten Sie vielleicht gerne unser Kapuziner-Lied hören?»

«Ich kann mich kaum zurückhalten», säuselte die Knüppelkuh mit einer Stimme, die vor Hohn und Spott nur so triefte.

«Das geht so», sagte Nigel:

> «K, a – ka
> p, u – pu
> apu – kapu – z
> apuziner Kapuziner
> Das ist nett.

So buchstabiert man Kapuziner.«

«So etwas Idiotisches!», schnaubte die Knüppelkuh. «Und so ein Durcheinander! Außerdem sollt ihr keine Gedichte lernen, wenn Rechtschreibung auf dem Stundenplan steht. Das wird in Zukunft gestrichen, Fräulein Honig.»

«Aber es hilft ihnen so gut, einige von den schwereren Wörtern richtig zu behalten», murmelte Fräulein Honig.

«Keine Widerworte, Fräulein Honig», donnerte die Schulleiterin. «Sie tun, was ich Ihnen sage! Ich werde die Klasse jetzt im Malnehmen prüfen, mal sehen, ob Fräulein Honig imstande gewesen ist, euch wenigstens in dieser Hinsicht etwas beizubringen.» Die Knüppelkuh hatte wieder ihren Platz vor der Klasse eingenommen, und ihr teuflischer Blick schweifte langsam durch die Reihen ihrer kleinen Schüler. «Du!», bellte sie und deutete auf einen kleinen Jungen namens Rupert in der ersten Reihe. «Wie viel ist zwei mal sieben?»

«Sechzehn», antwortete Rupert dummerweise, ohne richtig darüber nachzudenken.

Die Knüppelkuh begann sich langsam und auf leisen Füßen an Rupert anzuschleichen wie eine Tigerin, die ein kleines Beutetier gewittert hat. Rupert wurde sich plötzlich der drohenden Gefahr bewusst und versuchte, sich schnell zu verbessern. «Achtzehn!», schrie er. «Zwei mal sieben ist achtzehn, nicht sechzehn!»

«Du schwachsinnige kleine Schnecke!», zischte die Knüppelkuh. «Du hirnloser Hornochse! Du hohlköpfiger Hamster! Du dummerhaftiger Dreckskerl!» Sie hatte sich unterdessen direkt hinter Rupert aufgepflanzt, und plötzlich streckte sie eine Hand von der Größe eines Tennisschlägers aus und grub die Finger in Ruperts Haare. Rupert hatte einen üppigen goldblonden Haarschopf, der seiner Mutter so gut gefiel, dass sie ihn hegte und pflegte und zu ihrem eigenen Entzücken relativ lang wachsen ließ. Der Knüppelkuh waren nun langhaarige Knaben ebenso zuwider wie Mädchen mit Zöpfen und Rattenschwänzen, und sie schickte sich an, diesen Widerwillen praktisch zu beweisen. Sie ballte ihre gewaltige Faust fest in Ruperts langen goldenen Locken und hob ihren muskelstrotzenden rechten Arm, sodass der hilflose Junge schwups aus seiner Bank gehoben wurde und in der Luft schwebte.

Rupert schrie. Er zappelte und strampelte, fuhr mit den Füßen in der Luft herum und kreischte wie ein abgestochenes Schwein, während Fräulein Knüppelkuh röhrte: «Zwei mal sieben ist vierzehn! Zwei mal sieben ist vierzehn! Ich lass dich nicht los, bis du das kapiert hast!»

Aus dem Hintergrund der Klasse rief Fräulein Honig: «Fräulein Knüppelkuh! Lassen Sie ihn bitte los! Sie tun ihm doch weh! Sie können ihm die Haare ausreißen!»

«Und ob das passieren kann, wenn er so weiterzappelt!», schnaubte die Knüppelkuh. «Halt still, du winselnder Wurm!»

Es war wirklich ein ganz außerordentlicher Anblick, wie diese riesenhafte Lehrerin den kleinen Jungen hoch in der Luft baumeln ließ, während dieser wie ein Häufchen Unglück am Ende einer Strippe zu hängen und sich um sich selbst zu drehen schien und sich dabei die Seele aus dem Leibe schrie.

«Sprich mir nach!», bellte die Knüppelkuh. «Sag, zwei mal sieben ist vierzehn! Und ein bisschen Beeilung, sonst fang ich an, dich auf- und abzuschütteln, und dann reißen dir die Haare wahrscheinlich wirklich aus, und das wird reichen, um ein ganzes Sofa damit zu polstern. Also vorwärts, Junge! Sag, zwei mal sieben ist vierzehn, dann lass ich dich los!»

«Zweizweizwei…zwei mal siesie…sieben ist viervier …vierzehn», keuchte Rupert, woraufhin die Knüppelkuh, getreu ihrem Versprechen, einfach die Faust öffnete und ihn buchstäblich losließ. Er hatte noch ziemlich hoch über dem Boden geschwebt, als sie ihn befreite, und er stürzte ab, knallte auf den Boden und prallte wie ein Fußball ab und in die Höhe.

«Stell dich hin und hör auf zu heulen!», befahl die Knüppelkuh.

Rupert stand auf und ging zu seinem Pult zurück, wobei er sich mit beiden Händen den Schädel rieb. Die Knüppelkuh baute sich wieder vor der Klasse auf. Die Kinder saßen wie gebannt. So etwas hatten sie noch nie erlebt. Das war eine fabelhafte Vorstellung, viel besser als eine Pantomime, allerdings mit einem großen Unterschied. Hier in diesem Zimmer ragte eine gewaltige menschliche Bombe vor ihnen auf, die in jedem Augenblick explodieren und irgendeinen in der Luft zerreißen konnte. Die Kinder ließen die Schulleiterin nicht aus den Augen. «Kleine Leute kann ich nicht ausstehen», sagte sie gerade, «kleine Leute sollten unsichtbar bleiben. Man sollte sie wie Haarnadeln und Knöpfe in Kästen sperren. Aus den Augen, aus dem Sinn. Mir ist wirklich schleierhaft, warum Kinder so lange zum Wachsen brauchen. Ich werd das Gefühl nicht los, dass sie mit Absicht so herumtrödeln.»

Ein zweiter tollkühner kleiner Junge in der ersten Bank ergriff das Wort und sagte: «Aber Sie sind doch sicher auch einmal ein kleines Kind gewesen, Fräulein Knüppelkuh, nicht wahr?»

«Ich bin *niemals* klein gewesen», fuhr sie ihn an, «ich bin immer schon groß gewesen, mein ganzes Leben lang. Und ich seh nicht ein, warum die andern das nicht genauso können.»

«Aber Sie müssen doch auch als Säugling angefangen haben», sagte der Junge.

«Ich! Ein Säugling!», schrie die Knüppelkuh. «Wie kannst du es nur wagen, so etwas zu behaupten! Was für eine Frechheit! Was für eine infernalische Ignoranz! Wie heißt du, Junge? Und steh auf, wenn du mit mir sprichst!»

Der Junge stand auf. «Mein Name ist Erich Tinte, Fräulein Knüppelkuh», antwortete er.

«Erich was?», rief die Knüppelkuh.

«Tinte», sagte der Junge.

«Benimm dich nicht so albern, Junge! So heißt man nicht!»

«Sie brauchen nur im Telefonbuch nachzuschlagen», sagte Erich, «da finden Sie meinen Vater unter Tinte.»

«Na gut», sagte die Knüppelkuh, «dann heißt du also Tinte, junger Mann, aber ich will dir mal etwas verraten. In der Tinte sitzt du schon, und ich werd dich in die Tinte tauchen, wenn du noch einmal versuchst, derartig unverschämt zu sein. Buchstabiere Grieß.»

«Dies?», stotterte Erich. «Was denn, wen denn?»

«Grieß, du Idiot, nicht dies! Also: Buchstabier Grieß!»

«G … R … I … S», antwortete Erich ein wenig zu hastig.

Ein unheilschwangeres Schweigen breitete sich aus.

«Du kannst es noch einmal versuchen», sagte die Knüppelkuh, ohne sich zu regen.

«Ach ja, ich weiß schon», sagte Erich. «Da muss noch ein E rein. G … R … I … E … S. Das ist ja ganz klar.»

Mit zwei gewaltigen Schritten stand die Knüppelkuh hinter Erichs Pult und blieb dort stehen, eine Salzsäule, die wie das rächende Schicksal selbst über dem hilflosen Jungen aufragte.

Erich warf über die Schulter einen ängstlichen Blick auf das Ungeheuer. «Es war doch richtig, nicht?», murmelte er unruhig.

«Falsch war's!», krächzte die Knüppelkuh. «Du

scheinst mir eine von diesen pickeligen Pockennarben zu sein, die alles falsch machen! Du sitzt falsch! Du siehst falsch aus! Du redest falsch! Du bist am ganzen Leibe falsch! Ich geb dir noch eine allerletzte Gelegenheit, es richtig zu machen. Los, buchstabier Grieß!»

Erich zögerte. Dann sagte er sehr langsam: «Es ist nicht G ... R ... I ... S und es ist auch nicht G ... R ... I ... E ... S. Aha, ich weiß schon. Es muss also G ... R ... I ... E ... Z sein.»

Die Knüppelkuh, die immer noch hinter Erich stand, griff sich den Jungen bei seinen beiden Ohren, wobei sie mit jeder Hand eines packte und sie zwischen Daumen und Zeigefinger zwickte und zwirbelte.

«Auatsch», rief Erich, «aua! Sie tun mir weh!»

«Damit hab ich noch gar nicht angefangen», sagte die Knüppelkuh kurz angebunden. Bei diesen Worten packte sie ihn noch fester bei den Ohren, hob ihn buchstäblich von seinem Platz und ließ ihn in der Luft schweben.

Erich heulte genauso auf wie vor ihm Rupert und schrie, dass die Wände wackelten.

Aus dem Hintergrund des Klassenraums rief Fräulein Honig:

«Nicht doch, Fräulein Knüppelkuh! Lassen Sie ihn bitte wieder los! Sie reißen ihm ja die Ohren ab!»

«Die reißen nicht ab», rief die Knüppelkuh zurück, «darin hab ich eine lange Erfahrung, Fräulein Honig, und ich habe festgestellt, dass den kleinen Jungen die Ohren ziemlich fest am Schädel sitzen.»

«Lassen Sie ihn los, Fräulein Knüppelkuh, bitte», bat Fräulein Honig, «Sie könnten ihn verletzen, ganz bestimmt. Sie könnten sie ihm abreißen!»

«Ohren sitzen bombenfest!», rief die Knüppelkuh.

«Sie ziehen sich ganz erstaunlich in die Länge, wie es diese jetzt schon tun, aber abreißen, das kann ich Ihnen versichern, abreißen werden sie nie.»

Erich heulte noch lauter als zuvor und strampelte mit den Beinen in der Luft.

Matilda hatte noch niemals einen Jungen oder überhaupt einen Menschen gesehen, der nur an den Ohren in der Luft hing. Sie war genauso wie Fräulein Honig fest davon überzeugt, dass die Ohren durch das Gewicht, das an ihnen zog, in jedem Augenblick abreißen mussten.

Die Fräulein Knüppelkuh schrie: «Das Wort Grieß wird G ... R ... I ... E ... S ... Z geschrieben. Buchstabier's mir nach, du Lümmel.»

Erich zögerte keine Sekunde.

Er hatte aus dem, was er vor ein paar Minuten bei Rupert beobachtet hatte, sofort die Lehre gezogen: Je schneller man antwortet, desto schneller wird man befreit. «Grieß buchstabiert man: G ... R ... I ... E ... S ... Z», heulte er.

Die Knüppelkuh senkte ihn an beiden Ohren wieder auf seinen Platz hinter dem Pult. Dann marschierte sie vor die Klasse zurück und klopfte sich die Hände ab, als ob sie gerade etwas Schmutziges angefasst hätte.

«So bringt man sie zum Lernen, Fräulein Honig», bemerkte sie. «Glauben Sie mir, es hat überhaupt keinen Zweck, wenn man es ihnen nur vorpredigt. Man muss es ihnen richtiggehend einbläuen. Es geht nichts über ein paar Kniffe und Püffe. Das hilft ihrem Gedächtnis auf die Sprünge. Das bringt sie dazu, sich prächtig zu konzentrieren.»

«Sie könnten ihnen aber einen bleibenden Schaden zufügen, Fräulein Knüppelkuh», rief Fräulein Honig aus.

«Das hab ich ganz bestimmt schon getan», antwortete die Knüppelkuh mit einem Grinsen. «In den letzten paar Minuten haben sich Erichs Ohren todsicher ein beträchtliches Stück gedehnt. Sie sind jetzt ein ganzes Stück länger als vorher. Aber das ist nicht schlimm, Fräulein Honig. Es wird ihm für den Rest seines Lebens eine hochinteressante Ähnlichkeit mit einem Gartenzwerg geben.»

«Aber Fräulein Knüppelkuh …»

«Ach, halten Sie doch die Klappe, Fräulein Honig! Sie sind genauso ein Jammerlappen wie die anderen. Wenn Sie hier mit Ihrer Arbeit nicht zurande kommen, dann können Sie ja kündigen und sich in irgendeiner windelweichen Privatschule für verzogene reiche Fratzen eine neue Stellung suchen. Wenn Sie erst einmal so lange unterrichtet haben wie ich, dann werden Sie schon merken, dass es überhaupt keinen Sinn hat, zu Kindern freundlich zu sein. Lesen Sie einmal ‹Nicholas Nickleby›, Fräulein Honig, von Charles Dickens. Lesen Sie von diesem bewundernswürdigen Schulleiter von Dotheboys Hall. Der hat gewusst, wie man mit diesen kleinen Verbrechern umspringen muss, das kann man wohl sagen! Er hat genau gewusst, wie man die Birkenrute zu benutzen hat, das kann man erst recht behaupten! Er hat ihre Hinterteile immer so glühend warm gehalten, dass man sich ein Spiegelei mit Speck darauf hätte braten können. Wirklich, ein hervorragendes Buch. Aber ich glaube nicht, dass diese Horde von Hohlköpfen, die hier vor uns versammelt sind, es jemals lesen können wird, denn so wie die aussehen, werden sie überhaupt nicht lesen lernen.»

«Ich hab's gelesen», sagte Matilda in aller Seelenruhe.

Die Knüppelkuh fuhr mit dem Kopf herum und musterte das kleine Mädchen mit den dunklen Haaren und den tiefbraunen Augen, das in der zweiten Reihe saß, genau und gründlich. «Was hast du gesagt?», fragte sie scharf.

«Ich habe gesagt, ich hab's gelesen, Fräulein Knüppelkuh.»

«Was gelesen?»

«‹Nicholas Nickleby›, Fräulein Knüppelkuh.»

«Du lügst mir ins Gesicht, mein Fräulein!», schrie die Knüppelkuh und glotzte Matilda an. «Ich bezweifle stark, dass es in der gesamten Schule auch nur ein einziges Kind gibt, das dieses Buch gelesen hat, und dann willst du hier, noch nicht trocken hinter den Ohren und in der untersten Klasse, mir so einen ungeheuerlichen Bären aufbinden! Was bildest du dir denn ein? Du musst mich ja für eine Idiotin halten! Hältst du mich für eine Idiotin, Kind?»

«Also …», begann Matilda, zögerte dann jedoch. Sie hätte am liebsten gesagt: «Ja, und ob ich das tue», aber das wäre Selbstmord gewesen. «Also …», wiederholte sie immer noch widerstrebend, immer noch nicht willens, einfach «Nein» zu sagen.

Die Knüppelkuh ahnte, was im Kopf des Kindes vorging, und das behagte ihr gar nicht. «Steh auf, wenn du mit mir redest», fauchte sie. «Wie heißt du?»

Matilda stand auf und antwortete: «Mein Name ist Matilda Wurmwald, Fräulein Knüppelkuh.»

«Aha, Wurmwald?», wiederholte die Knüppelkuh. «In diesem Fall musst du die Tochter des Mannes sein, dem die Wurmwald-Werkstatt gehört.»

«Ja, Fräulein Knüppelkuh!»

«Das ist vielleicht ein Gauner!», schrie die Knüppelkuh. «Vor einer Woche hat er mir einen Gebrauchtwagen verkauft und behauptet, er wäre so gut wie neu. Da hab ich ihn noch für einen schlauen Kerl gehalten. Aber als ich heute früh durch die Stadt gefahren bin, ist mir der ganze Motor aus dem Auto und auf die Straße gefallen. War voll bis obenhin mit Sägespänen! Dieser Mann ist ein Dieb und ein Räuber! Ich werde ihm das Fell über die Ohren ziehen lassen, darauf kannst du dich verlassen!»

«Er ist ein guter Geschäftsmann, sehr gescheit!», sagte Matilda.

«Gescheit! Dass ich nicht lache!», brüllte die Knüppelkuh. «Fräulein Honig hat mir gesagt, dass du auch gescheit sein sollst! Also, mein Fräulein, gescheite Leute kann ich ganz und gar nicht ausstehen! Heimtücker sind das alle! Und du bist ganz bestimmt eine Heimtückerin! Bevor ich mich mit deinem Vater erzürnt habe, hat er mir ein paar ziemlich hässliche Geschichten über dein häusliches Benehmen erzählt! Dass du mir ja nicht versuchst, hier in dieser Schule so etwas anzustellen, junge Dame. Ich werde von jetzt an ein wachsames Auge auf dich haben. Setz dich hin und halt den Mund.»

Das erste Wunder

Matilda nahm wieder an ihrem Pult Platz, und die Knüppelkuh ließ sich hinter dem Lehrertisch nieder. Es war das erste Mal, dass sie sich in dieser Stunde hingesetzt hatte. Als Nächstes streckte sie die Hand aus und griff nach ihrem Wasserkrug. Während sie ihn festhielt, aber noch nicht anhob, sagte sie: «Ich habe nie begreifen können, warum kleine Kinder so widerwärtig sind. Sie sind der Nagel zu meinem Sarg. Sie sind wie Insekten. Man sollte sie so früh wie möglich vernichten. Fliegen wird man los mit Insektenspray und indem man Fliegenfänger aufhängt. Ich habe immer schon ein Mittel gegen kleine Kinder erfinden wollen. Wäre das wunderbar, wenn ich einfach nur mit einer großen Fliegenspritze in diese Klasse zu treten und dann nur noch zu pumpen brauchte! Ein paar breite Streifen Leimpapier wären natürlich noch besser. Ich würde sie überall in der Schule aufhängen, und ihr würdet samt und sonders dran hängen bleiben, und dann wäre es aus mit euch. Wäre das nicht eine gute Idee, Fräulein Honig?»

«Wenn das ein Scherz sein soll, Frau Rektorin, so halte ich ihn nicht für sehr gelungen», antwortete Fräulein Honig hinten im Klassenraum.

«So, so, so, Fräulein Honig. Das halten Sie also nicht für komisch», antwortete die Knüppelkuh, «aber ich habe nicht beabsichtigt, einen Scherz zu machen. In meiner

Vorstellung von einer vollkommenen Schule, Fräulein Honig, kommen überhaupt keine Kinder vor. Und irgendwann werde ich eine solche Schule gründen. Ich glaube, dass sie ein großer Erfolg werden wird.»

Das Weib hat den Verstand verloren, sagte sich Fräulein Honig. Sie ist jenseits von gut und böse. Sie ist diejenige, die man loswerden müsste.

Die Knüppelkuh hob nun den großen blauen Krug und goss sich etwas Wasser in ihr Glas. Und plötzlich schlüpfte mit der Flüssigkeit ein langer schlanker schleimiger Molch ins Glas, schlups!

Die Knüppelkuh stieß einen Schrei aus und fuhr von ihrem Stuhl in die Höhe, als ob darunter eine Silvesterrakete losgegangen wäre. Und jetzt sahen auch die Kinder das lange schlanke schleimige eidechsenartige Wasserwesen, das sich mit seinem gelben Bauch im Glas drehte und wandte, und sie kreischten und sprangen ebenfalls in die Höhe und schrien: «Was ist das? Oh, wie grässlich! Das ist eine Schlange! Das ist ein kleines Krokodil! Ein Alligator!»

«Passen Sie auf, Fräulein Knüppelkuh!», rief Lavendel. «Das beißt bestimmt!»

Die Knüppelkuh aber, dieses machtvolle Riesenweib, stand in ihren grünen Reithosen da und zitterte und bebte wie ein Wackelpudding. Sie kochte vor Zorn, dass es jemandem gelungen war, sie so zu erschrecken und schreien zu lassen, denn sie bildete sich etwas auf ihre Unerschütterlichkeit ein. Sie glotzte das Geschöpf an, das in dem Glas zappelte und paddelte. Merkwürdigerweise hatte sie noch nie einen Wassermolch gesehen. Naturkunde war nicht gerade ihre Stärke. Sie hatte also keine blasse Ahnung, was das für ein Wesen war. Es sah auf jeden Fall höchst widerwärtig aus. Langsam ließ sie sich wieder auf ihrem Stuhl nieder. In diesem Augenblick wirkte sie fürchterlicher denn je. In ihren kleinen schwarzen Augen loderten die Flammen der Wut und des Hasses.

«Matilda!», bellte sie. «Steh auf!»

«Wer, ich?», fragte Matilda. «Was hab ich denn getan?»

«Steh auf, du widerwärtige Wanze!»

«Ich habe nichts gemacht, Fräulein Knüppelkuh, ganz bestimmt nicht. Ich habe dies eklige Ding noch nie gesehen!»

«Sofort stehst du auf, du kleiner Drecksack!»

Matilda stellte sich widerstrebend hin. Sie war in der zweiten Reihe. Lavendel saß in der Reihe hinter ihr und spürte schwache Gewissensbisse. Sie hatte nicht beabsichtigt, ihre Freundin in die Klemme zu bringen. Andererseits war sie felsenfest entschlossen, nichts zuzugeben.

«Du bist ein verschlagenes, heimtückisches, dickköpfiges, boshaftes kleines Biest!», donnerte die Knüppelkuh. «Du gehörst gar nicht in diese Schule. Du solltest hinter Gittern sitzen, da gehörtest du hin! Ich werde dich in Schimpf und Schande aus diesem Institut jagen! Ich werde die Lehrer dazu bringen, dich mit Hockeyschlägern durch die Gänge und aus dem Schultor zu prügeln. Ich werde dem gesamten Lehrkörper befehlen, dich schwer bewaffnet nach Hause zu begleiten. Und dann werde ich dafür sorgen, darauf kannst du dich verlassen, dass sie dich für mindestens vierzig Jahre in ein Zuchthaus für jugendliche Schwerverbrecherinnen stecken!»

Die Knüppelkuh hatte sich so in Wut geredet, dass ihr Gesicht wie gekocht aussah und sich Schaum in ihren

Mundwinkeln gesammelt hatte. Aber sie war nicht die Einzige, die ihre Gelassenheit verlor. Matilda begann ebenfalls rotzusehen. Es kümmerte sie überhaupt nicht, wenn sie für etwas gescholten wurde, was sie wirklich getan hatte, das entsprach ihrem Sinn für Gerechtigkeit. Aber für ein Verbrechen angeklagt zu werden, das sie ganz und gar nicht begangen hatte, war eine vollkommen neue Erfahrung für sie. Mit diesem Zappelding im Glas hatte sie absolut nichts zu schaffen. Verflixt und zugenäht, dachte sie, das lass ich mir von dieser niederträchtigen Knüppelkuh nicht anhängen!

«Ich hab es nicht getan!», schrie sie.

«Und ob du das hast!», keifte die Knüppelkuh zurück. «Keiner außer dir hätte so eine Gemeinheit ausbrüten können. Dein Vater hat schon Recht gehabt, dass er mich vor dir gewarnt hat!»

Die Frau schien jetzt auch das letzte bisschen Selbstbeherrschung verloren zu haben. Sie raste wie eine Wahnsinnige. «Du bist in dieser Schule erledigt, junge Dame!», schrie sie. «Du bist überall erledigt. Ich werde persönlich dafür sorgen, dass man dich in ein so finsteres Loch steckt, dass nicht einmal die Krähen ihren Kot auf dich klackern lassen können. Nie mehr sollst du das Tageslicht sehen!»

«Ich habe Ihnen gesagt, dass ich es *nicht* getan habe!», schrie Matilda. «Ich habe so ein Tier noch nie in meinem Leben gesehen.»

«Du hast ein ... ein ... ein Krokodil in mein Trinkwasser gesetzt!», kreischte die Knüppelkuh zurück. «Es gibt auf der ganzen Welt kein schlimmeres Verbrechen gegen eine Schulleiterin! Also, setz dich hin und mucks dich nicht! Los, los, hingesetzt, aber ein bisschen plötzlich!»

«Aber ich sage Ihnen doch ...», schrie Matilda und dachte gar nicht daran, sich hinzusetzen.

«Und ich sage dir, dass du den Mund halten sollst!», brüllte die Knüppelkuh. «Wenn du nicht sofort die Klappe hältst und dich auf deine vier Buchstaben setzt, dann schnall ich mir den Gürtel ab und lass dich das Metallende schmecken!»

Langsam ließ sich Matilda nieder. Oh, diese Niedertracht! Diese Ungerechtigkeit! Wie konnten sie es wagen, sie für etwas von der Schule zu werfen, was sie nicht getan hatte!

Matilda spürte, wie sie immer wütender wurde und noch wütender und noch wütender ... So unerträglich wütend, dass gleich in ihrem Inneren etwas zerbersten musste.

Der Molch zappelte immer noch in dem hohen Wasserglas herum. Er sah jedoch so aus, als ob er sich grässlich ungemütlich fühlte. Das Glas war nicht groß genug für ihn. Matilda starrte die Knüppelkuh an. Wie sie sie hasste! Sie starrte das Glas an, in dem der Molch schwamm. Wie gern wäre sie nach vorn marschiert, hätte das Glas gepackt und den ganzen Inhalt samt Molch und allem Drum und Dran der Knüppelkuh auf den Kopf geschüttet. Sie zitterte, wenn sie nur daran dachte, was die Knüppelkuh ihr antun würde, wenn sie das wirklich machte.

Die Knüppelkuh saß hinter dem Lehrertisch und starrte den im Glas strampelnden Wassermolch mit einer Mischung aus Faszination und Schrecken an. Auch Matildas Augen waren auf das Glas gerichtet. Und jetzt begann ein höchst ungewohntes und merkwürdiges Gefühl still und sachte von ihr Besitz zu ergreifen. Dieses Gefühl saß vor allem in den Augen. Es schien sich dort eine Art Elektrizität anzusammeln. Eine spürbare Kraft entwickelte sich in ihren Augen, das Gefühl einer großen Macht nistete sich tief in ihnen ein. Aber da war noch etwas anderes, eine Empfindung, die sie erst recht nicht begreifen konnte. Es zuckte auf wie Blitze, und es zischte in Wellen aus ihren Augen heraus. Ihre Augäpfel wurden regelrecht heiß und glühend, als ob sich irgendwo in ihrem Zentrum eine enorme Energiequelle gebildet hätte. Das war ein fabelhaftes Gefühl. Sie ließ ihre Augen unverwandt auf dem Glas ruhen, und jetzt richtete sich die gesamte Kraft auf einen kleinen Punkt in jedem Auge und wurde immer mächtiger, und es fühlte sich so an, als ob Millionen winzig kleiner unsichtbarer Arme, an denen Hände saßen, aus ihren Augen heraus und auf das Glas schossen, das sie anschaute.

«Kippt es um!», flüsterte Matilda. «Kippt es um!»

Sie sah das Glas schwanken. Es neigte sich tatsächlich ein wenig zur Seite, richtete sich dann aber wieder auf. Sie fuhr fort, mit all diesen Millionen und aber Millionen unsichtbarer kleiner Arme und Hände, die aus ihren Augen fuhren, dagegen zu stoßen, wobei sie ständig die Kraft fühlte, die aus den beiden kleinen schwarzen Punkten im innersten Inneren ihrer Augen strahlte. «Kippt es um!», flüsterte sie wieder. «Kippt es um!»

Das Glas schwankte abermals. Sie stieß noch kräftiger dagegen, zwang ihre Augen, noch stärkere Kraft herausstrahlen zu lassen. Und da, sehr, sehr langsam, so langsam, dass sie es kaum verfolgen konnte, begann sich das Glas nach hinten zu neigen, mehr und mehr und immer mehr nach hinten, bis es auf der Kippe stand. Und so schwebte es ein paar Augenblicke lang, ehe es endgültig umkippte und mit einem scharfen Klirren auf die Tischplatte fiel. Das Wasser und der zappelnde Molch ergossen sich auf Fräulein Knüppelkuhs gewaltigen Busen. Die Schulleiterin stieß einen Schrei aus, der auch den letzten Dachziegel auf dem ganzen Haus zum Klappern gebracht haben musste, und schoss zum zweiten Mal in den letzten fünf Minuten wie eine Rakete von ihrem Stuhl. Der Molch klammerte sich verzweifelt an dem Baumwollkittel fest, der den enormen Brustkasten umhüllte, und blieb dort mit seinen kleinen feuchten Klauen kleben. Die Knüppelkuh schaute nach unten, sah ihn, heulte womöglich noch lauter und wischte ihn mit einer einzigen Handbewegung ab, sodass das Tier quer durch den Klassenraum flog. Es landete neben Lavendels Pult, die sich geschwind bückte, es aufhob und zum zweitenmal in ihren Griffelkasten steckte. Es ist doch sehr nützlich, dachte sie bei sich, immer einen Wassermolch bei der Hand zu haben.

Die Knüppelkuh, deren Gesicht mehr denn je einem gekochten Schinken ähnelte, stand vor der Klasse und zitterte vor Zorn. Ihr gewaltiger Busen hob und senkte sich und das Wasser, das ihr vorn heruntergelaufen war, hatte einen dunklen feuchten Fleck hinterlassen und sie vermutlich bis auf die Haut durchnässt.

«Wer war das?», brüllte sie. «Los, los! Raus damit! Tritt heraus! Diesmal entkommst du mir nicht! Wer ist für diese Schweinerei verantwortlich? Wer hat das Glas umgestoßen?»

Keiner gab eine Antwort. Im ganzen Klassenzimmer herrschte Grabesstille.

«Matilda!», rief sie. «Das bist *du* gewesen! Ich weiß es genau, dass du es warst!»

Matilda saß auf ihrem Platz in der zweiten Reihe vollkommen reglos da und sagte kein Wort. Ein sonderbares Gefühl tiefer Ruhe und Sicherheit senkte sich über sie und plötzlich merkte sie, dass sie sich vor nichts und niemandem auf der Welt mehr fürchtete. Nur mit der Kraft ihrer Augen hatte sie ein Glas Wasser zum Umkippen gebracht, sodass sich sein Inhalt auf diese fürchterliche Schulleiterin ergoss, und wer das vermochte, der konnte alles.

«Mach den Mund auf, du Eiterbeule!», dröhnte die Knüppelkuh. «Gib zu, dass du es warst!»

Matilda schaute direkt in die funkelnden Augen dieses wutschnaubenden Riesenweibs und sagte in aller Seelenruhe: «Seit Anfang dieser Schulstunde habe ich mich nicht von meinem Pult entfernt, Fräulein Knüppelkuh. Mehr kann ich dazu nicht sagen.»

Plötzlich schien sich die ganze Klasse gegen die Schulleiterin zu verbünden. «Sie hat sich nicht gerührt!», riefen sie. «Matilda hat sich nicht gerührt. Keiner hat sich gerührt! Sie müssen es selber getan haben!»

«Ich habe es ganz bestimmt nicht selber umgestoßen!», fauchte die Knüppelkuh. «Wie könnt ihr es nur wagen, so was zu behaupten! Und jetzt den Mund aufgemacht, Fräulein Honig. Sie müssen alles gesehen haben! Wer hat mein Glas umgestoßen?»

«Keins der Kinder, Fräulein Knüppelkuh», antwortete Fräulein Honig. «Ich kann beschwören, dass sich keiner von seinem Platz entfernt hat, seitdem Sie die Klasse betreten haben, außer Nigel, und der hat sich in seiner Ecke nicht gerührt.»

Fräulein Knüppelkuh glotzte Fräulein Honig an. Fräulein Honig hielt dem Blick stand, ohne mit der Wimper zu zucken. «Ich sage die Wahrheit, Frau Rektorin», fuhr sie fort. «Sie müssen es umgestoßen haben, ohne dass Sie es gemerkt haben. So etwas kann einem leicht passieren.»

«Ich hab die Nase voll von dieser Horde von Nichtsnutzen!», brüllte die Knüppelkuh. «Ich denke gar nicht daran, meine kostbare Zeit hier weiter zu verplempern!» Damit marschierte sie aus dem Klassenzimmer und knallte die Tür hinter sich zu.

In dem betäubten Schweigen, das ihrem Abgang folgte, schritt Fräulein Honig vor die Klasse und stellte sich hinter ihren Tisch. «Puh», sagte sie, «ich glaube, für heute haben wir genug gelernt, findet ihr nicht auch? Der Unterricht ist zu Ende. Ihr könnt alle hinaus auf den Schulhof laufen und dort warten, bis euch eure Eltern abholen.»

Das zweite Wunder

Matilda schloss sich nicht ihren Mitschülern an, die losstürmten und sich aus dem Klassenzimmer drängelten. Auch nachdem die anderen Kinder verschwunden waren, blieb sie noch ganz ruhig und in sich versunken vor ihrem Pult sitzen. Sie wusste, dass sie jemandem von dem erzählen musste, was mit dem Glas geschehen war. Es war ihr unmöglich, so ein riesenhaftes Geheimnis in sich zu verschließen. Sie brauchte nur einen einzigen Menschen, einen klugen und mitfühlenden Erwachsenen, der ihr helfen konnte, die Bedeutung dieser außergewöhnlichen Vorgänge zu begreifen. Weder ihre Mutter noch ihr Vater wären in diesem Fall von Nutzen. Selbst wenn sie ihr diese Geschichte glaubten, und daran zweifelte sie sehr stark, würde ihnen ganz bestimmt entgehen, was für ein erstaunliches Ereignis an diesem Nachmittag stattgefunden hatte. Einer plötzlichen Eingebung folgend, erkannte Matilda, dass der einzige Mensch, dem sie sich gern anvertrauen würde, Fräulein Honig war.

Matilda und Fräulein Honig waren nun die Einzigen, die sich noch im Klassenzimmer befanden. Fräulein Honig hatte sich an ihren Tisch gesetzt und blätterte einige Unterlagen durch. Sie blickte auf und sagte: «Nanu, Matilda, willst du nicht mit den anderen hinaus?»

Matilda erwiderte: «Darf ich mich bitte einen Augenblick mit Ihnen unterhalten?»

«Selbstverständlich. Was bedrückt dich denn?»

«Es ist etwas ganz Merkwürdiges mit mir passiert, Fräulein Honig.»

Fräulein Honig spitzte sofort die Ohren. Seit den beiden unglückseligen Zusammenkünften, die sie kürzlich wegen Matilda gehabt hatte – zuerst mit der Schulleiterin und dann mit dem grauenhaften Ehepaar Wurmwald –, hatte Fräulein Honig ununterbrochen über dieses Kind nachdenken müssen und sich gefragt, wie sie ihm wohl helfen könnte. Und jetzt saß Matilda mit einer sonderbar entrückten Miene vor ihr und bat um eine private Unterredung. Fräulein Honig hatte sie noch nie so überdreht und mit so weit aufgerissenen Augen erlebt.

«Also gut, Matilda», sagte sie, «erzähl mir, was dir Merkwürdiges zugestoßen ist.»

«Fräulein Knüppelkuh wird mich doch nicht von der Schule werfen, nicht wahr?», fragte Matilda. «Denn ich hab ihr dieses Tier wirklich nicht in den Wasserkrug getan. Ich schwöre, dass ich's nicht gewesen bin.»

«Ich weiß, dass du es nicht warst», sagte Fräulein Honig.

«Werd ich also rausgeschmissen?»

«Ich glaube nicht», antwortete Fräulein Honig. «Die Frau Rektorin hat sich nur ein bisschen aufgeregt, das war alles.»

«Gut», fuhr Matilda fort, «aber darüber wollte ich nicht mit Ihnen reden.»

«Worüber willst du denn mit mir reden?»

«Ich möchte mit Ihnen über das Wasserglas reden, in dem das Tier war», sagte Matilda. «Sie haben doch gesehen, wie es auf Fräulein Knüppelkuh kippte, nicht wahr?»

«Und ob ich das gesehen habe.»

«Also, Fräulein Honig, ich habe es nicht angerührt. Ich bin nicht einmal in seine Nähe gekommen.»

«Das weiß ich», sagte Fräulein Honig. «Du hast ja gehört, wie ich der Frau Rektorin gesagt habe, dass du es keineswegs gewesen sein kannst.»

«Ja, aber ich *bin* es gewesen, Fräulein Honig», sagte Matilda. «Genau darüber möchte ich mich mit Ihnen unterhalten.»

Fräulein Honig hielt inne und musterte das Kind gedankenvoll.

«Ich glaube, ich kann dir nicht folgen», sagte sie.

«Ich bin so wütend gewesen, weil sie mir was in die Schuhe schieben wollte, wofür ich nichts kann, dass ich es habe passieren lassen.»

«Du hast was passieren lassen, Matilda?»

«Ich hab das Glas umkippen lassen.»

«Ich begreife immer noch nicht ganz, was du damit sagen willst», bemerkte Fräulein Honig mit sanfter Stimme.

«Ich hab's mit meinen Augen gemacht», sagte Matilda. «Ich hab es angestarrt und hab mir gewünscht, dass es umkippt, und dann sind meine Augen ganz heiß und komisch geworden, und so was wie eine Kraft ist aus ihnen hervorgebrochen, und dann ist das Glas einfach umgefallen.»

Fräulein Honig betrachtete Matilda unverwandt durch ihre Stahlbrille, und Matilda erwiderte ihren Blick ebenso fest und unverwandt.

«Ich kann dir immer noch nicht folgen», sagte Fräulein Honig. «Meinst du wirklich, dass du das Glas mit deinen Augen dazu gebracht hast umzustürzen?»

«Ja», erwiderte Matilda, «mit meinen Augen.»

Fräulein Honig schwieg einen Augenblick. Sie glaubte nicht, dass ihr Matilda einen Bären aufband. Es kam ihr wahrscheinlicher vor, dass Matildas lebhafte Einbildungskraft mit ihr durchging. «Willst du damit sagen, dass du so wie jetzt an deinem Platz gesessen und dem Glas gesagt hast, es solle umkippen, und es ist wirklich umgekippt?»

«Ja, Fräulein Honig, irgendwie so.»

«Wenn du das getan hast, dann ist das ungefähr das größte Wunder, das ein Mensch seit Christi Zeiten bewirkt hat.»

«Ich hab's aber gemacht, Fräulein Honig.»

Es ist wirklich erstaunlich, dachte Fräulein Honig, wie oft kleine Kinder solche Anfälle von Phantasie haben. Sie entschied, die Angelegenheit so leichthin wie möglich zu beenden. «Könntest du das wohl wiederholen?», fragte sie, nicht unfreundlich.

«Ich weiß nicht», antwortete Matilda, «aber ich glaube, ich könnte es schaffen.»

Fräulein Honig schob das jetzt leere Glas mitten auf den Tisch. «Soll ich Wasser hineingießen?», fragte sie mit einem kleinen Lächeln.

«Ich glaube, das spielt keine Rolle», erwiderte Matilda.

«Na gut. Fang an und kipp es um.»

«Vielleicht dauert es aber etwas.»

«Lass dir so viel Zeit, wie du brauchst», entgegnete Fräulein Honig, «ich bin nicht in Eile.»

Matilda, die in ihrer zweiten Reihe ungefähr drei Meter von Fräulein Honig entfernt war, stemmte die Ellbogen auf das Pult und legte das Gesicht in ihre Hände. Diesmal gab sie gleich zu Beginn den Befehl: «Kippe,

Glas, kippe!», wobei sie ihre Lippen jedoch nicht bewegte und keinen Laut von sich gab. Sie rief die Wörter einfach innen in ihrem Kopf. Und dann konzentrierte sie all ihre Gedanken und ihren Verstand und ihren Willen auf ihre Augen, und abermals, aber viel rascher als zuvor, spürte sie, wie sich die Elektrizität zusammenballte, wie die Kraft anschwoll und die Hitze ihr in die Augäpfel stieg, und dann schossen die Millionen winziger unsichtbarer Arme, an denen Hände saßen, aus ihnen heraus und auf das Glas zu, und ohne einen Laut von sich zu geben, schrie sie das Glas an, es solle umkippen. Sie sah, wie es schwankte, sich dann zur Seite neigte und schließlich einfach umkippte und mit einem leisen Klirren auf die Tischplatte fiel, keine Handbreit von Fräulein Honigs verschränkten Armen entfernt.

Fräulein Honigs Mund klappte auf und sie riss ihre Augen so weit auf, dass man das Weiße ringsum sehen konnte. Sie sagte kein einziges Wort. Sie konnte es einfach nicht. Der Schock, die Zeugin eines Wunders zu sein, hatte ihr die Sprache geraubt. Sie starrte das Glas an und wich zurück, als ob es etwas Gefährliches wäre. Dann hob sie langsam den Kopf und schaute Matilda an. Sie sah das Kind, sah sein weißes Gesicht, weiß wie ein Leintuch, sah, wie es am ganzen Leib bebte und mit starren Augen geradeaus ins Leere schaute und nichts wahrnahm. Sein ganzes Gesicht hatte sich verändert, die Augen waren kugelrund und strahlten, und es saß sprachlos da, richtig schön, in einem Glanz aus Schweigen.

Fräulein Honig wartete geduldig, sie zitterte und bebte selbst etwas, und sie ließ das Kind nicht aus den Augen, während es sich langsam ins Bewusstsein zurückbewegte. Und dann plötzlich, klick, erstrahlte eine fast himmlische Ruhe auf seinem Gesicht. «Mir geht's gut», sagte Matilda und lächelte, «mir geht's wirklich gut, Fräulein Honig. Sie brauchen sich nicht zu erschrecken.»

«Es kam mir so vor, als wärst du ganz weit weg gewesen», flüsterte Fräulein Honig ehrfürchtig.

«Ach, das war ich auch. Ich bin auf silbernen Schwingen weit hinter den Sternen geflogen», sagte Matilda, «es war wunderbar.»

Fräulein Honig starrte das Kind immer noch in tiefem Staunen an, als ob es die Schöpfung wäre, der Anfang der Welt, der erste Morgen.

«Diesmal ging's viel schneller», bemerkte Matilda ruhig.

«Das ist doch nicht möglich!», keuchte Fräulein Honig. «Ich kann es nicht glauben! Ich kann es einfach nicht glauben!» Sie kniff die Augen zu und hielt sie ziemlich lange geschlossen, und als sie sie wieder aufschlug, schien sie ihre Fassung zurückgewonnen zu haben. «Würdest du wohl gerne Tee mit mir in meinem kleinen Häuschen trinken?», fragte sie.

«O ja, furchtbar gern», antwortete Matilda.

«Gut. Dann räum deine Sachen zusammen. In ein paar Minuten treffen wir uns draußen.»

«Aber Sie werden doch keinem davon erzählen ... Von dem, was ich gemacht hab, nicht wahr, Fräulein Honig?»

«Ich denke nicht im Traum daran», antwortete Fräulein Honig.

Fräulein Honigs Häuschen

Fräulein Honig gesellte sich draußen vor den Schulto-
ren zu Matilda, und die beiden schritten schweigend
die Hauptstraße des Ortes entlang. Sie gingen am Obst-
und Gemüseladen mit seiner Auslage voll Orangen und
Äpfeln vorbei, am Fleischer mit seinem Angebot von blu-
tigen Fleischstücken und aufgehängten gerupften Hüh-
nern, an der kleinen Bank, am Lebensmittelladen und am
Elektriker, und dann kamen sie am anderen Ende der
Stadt bei der schmalen Landstraße heraus, wo kein
Mensch mehr zu sehen war und auch kaum Verkehr
herrschte.

Und jetzt, wo sie vollkommen allein waren, wurde Matilda plötzlich wild und ausgelassen. Sie führte sich auf,
als ob in ihrem Innersten ein Damm gebrochen wäre und
einen gewaltigen Schwall von Lebenskraft freigegeben
hätte. Sie hüpfte und hopste wie toll neben Fräulein
Honig her, ihre Finger flatterten in der Luft, als ob sie
sie in alle vier Himmelsrichtungen schicken wollte, und
die Worte sprudelten nur so aus ihr heraus, so geschwind
wie davonzischende Feuerwerksraketen. Es war Fräulein
Honig dies und Fräulein Honig das – «Fräulein Honig, ich
glaub ganz bestimmt, dass ich fast alles auf der Welt in Bewegung setzen könnte, nicht nur Wassergläser und solchen anderen Kleinkram ... Ich hab das Gefühl, dass ich
Tische und Stühle umstürzen könnte, Fräulein Honig ...

Selbst wenn noch wer auf den Stühlen säße, selbst dann glaub ich sicher, dass ich sie umstoßen könnte, und größere Sachen auch, viel größere Sachen als Tische und Stühle … Ich brauch nur einen Augenblick, um meine Augen stark zu machen, und dann kann ich damit zustoßen, mit dieser Stärke, gegen einfach alles, ich muss es nur lange genug ganz fest anschauen … Ich muss es regelrecht anstarren, Fräulein Honig, ganz, ganz fest, und dann merke ich, was da alles hinter meinen Augen passiert, und meine Augen werden so heiß, als ob sie glühten, aber das macht mir nichts aus, nicht im Geringsten, und, Fräulein Honig …»

«Beruhig dich doch, Kind, beruhige dich», sagte Fräulein Honig, «wir wollen uns nicht jetzt schon gleich so aufregen.»

«Aber Sie finden das doch interessant, nicht wahr?»

«O ja, interessant ist es schon», antwortete Fräulein Honig, «es ist mehr als interessant. Aber wir müssen von jetzt an Vorsicht walten lassen, Matilda.»

«Warum müssen wir Vorsicht walten lassen, Fräulein Honig?»

«Weil wir mit geheimnisvollen Kräften spielen, mein Kind, von denen wir nicht das Geringste wissen. Ich halte sie nicht für schlecht, sie können sogar gut sein. Vielleicht sind sie sogar göttlich. Aber ganz egal, wie sie sind, vorsichtig müssen wir auf jeden Fall damit umgehen.»

Das waren weise Worte von einer klugen Eule, aber Matilda war viel zu aufgekratzt, um die Sache so zu betrachten. «Ich begreif nicht, warum wir so vorsichtig sein müssen», sagte sie und hüpfte immer weiter herum.

«Ich versuche dir ja gerade zu erklären», antwortete Fräulein Honig geduldig, «dass wir uns mit etwas Unbekanntem befassen. Es ist etwas Unerklärliches. Die richtige Bezeichnung dafür lautet: Es ist ein Phänomen.»

«Bin ich auch ein Phänomen?», fragte Matilda.

«Es könnte durchaus möglich sein, dass du eins bist», sagte Fräulein Honig. «Aber es wäre mir sehr viel angenehmer, wenn du dir in dieser Situation nicht als etwas Besonderes vorkämst. Ich hatte mir gedacht, dass wir dieses Phänomen etwas genauer untersuchen könnten, nur wir beide, aber wir müssen uns darauf einigen, dass wir die Sache mit äußerster Vorsicht anpacken.»

«Wollen Sie, dass ich noch so was mache, Fräulein Honig?»

«Das hatte ich im Sinn, dir vorzuschlagen», erwiderte Fräulein Honig zurückhaltend.

«Toll», sagte Matilda.

«Ich selber», fuhr Fräulein Honig fort, «bin wahrscheinlich über das, was du getan hast, sehr viel mehr aus der Fassung geraten als du und ich versuche eine vernünftige Erklärung zu finden.»

«Wie zum Beispiel?», fragte Matilda.

«Ob das zum Beispiel damit zusammenhängt oder nicht, dass du ganz außergewöhnlich frühreif bist.»

«Und was heißt das genau?», fragte Matilda weiter.

«Ein frühreifes Kind», erklärte Fräulein Honig, «lässt schon verhältnismäßig früh erstaunlich viel Intelligenz erkennen. Du bist ein unglaublich frühreifes Kind.»

«Wirklich?», fragte Matilda.

«Aber natürlich. Du musst das doch merken. Denk doch nur an dein Lesen. Oder an dein Rechnen.»

«Wahrscheinlich haben Sie Recht», sagte Matilda.

Fräulein Honig wunderte sich wieder über Matildas Mangel an Selbstbewusstsein und Eitelkeit.

«Ich muss immer darüber nachdenken», sagte sie, «ob diese plötzliche Gabe, die du nun besitzt, nicht etwas mit deiner Geisteskraft, deinem besonderen Gehirn, zu tun hat.»

«Wollen Sie damit sagen, dass es dem Hirn in meinem Schädel zu eng ist und dass es sich deshalb rausdrängelt?»

«So hab ich's eigentlich nicht gemeint», sagte Fräulein Honig und lächelte. «Aber was auch passiert, ich muss das noch einmal wiederholen, wir müssen von nun an sehr vorsichtig damit umgehen. Ich habe nicht vergessen, wie fremd und fern dein Gesicht geschimmert hat, nachdem du das Wasserglas umgekippt hattest.»

«Glauben Sie, dass es mir schadet? Glauben Sie das, Fräulein Honig?»

«Du hast dich ziemlich merkwürdig dabei gefühlt, nicht wahr?»

«Ich hab mich herrlich gefühlt», antwortete Matilda. «Ein oder zwei Augenblicke lang bin ich auf Silberschwingen an den Sternen vorbeigeflogen. Das hab ich Ihnen ja erzählt. Und soll ich Ihnen noch etwas verraten, Fräulein Honig? Das zweite Mal ging es leichter, viel, viel leichter. Ich glaube, es ist wie bei allem anderen, je mehr man übt, desto leichter flutscht es.»

Fräulein Honig ging langsam, sodass das kleine Kind mit ihr Schritt halten konnte, ohne zu schnell traben zu müssen, und jetzt, wo sie den Ort hinter sich gelassen hatten, war es hier draußen auf der Landstraße friedlich und ruhig. Es war einer dieser goldenen Herbsttage, in den Hecken wuchsen Brombeeren und Ziegenbart, und die Früchte des Schlehdorns begannen rot und reif zu werden für die Vögel, die sie sich im kalten Winter holen würden. Auf beiden Seiten der Straße standen hohe

Bäume, Eichen und Bergahorn und Eschen und hie und da eine echte Kastanie. Fräulein Honig, die für den Augenblick das Gesprächsthema wechseln wollte, nannte Matilda alle Namen und erklärte ihr, wie man sie an der Form ihrer Blätter und am Borkenmuster erkennen konnte. Matilda nahm das alles in sich auf und legte die Kenntnisse im Geiste sorgfältig ab.

Schließlich stießen sie an der linken Straßenseite auf eine Lücke in der Hecke, die mit einem Gattertor aus fünf Querbrettern versperrt war. «Hier entlang», sagte Fräulein Honig, wobei sie das Tor öffnete, Matilda durchließ und es hinter ihr wieder verschloss. Sie gingen jetzt einen schmalen Gartenpfad entlang, der nicht viel mehr als ein ausgefahrener Karrenweg war. Auf beiden Seiten wuchsen hohe Haselnusshecken, und man konnte ganze Büschel von reifen braunen Nüssen in ihren grünen Hüllen sehen. Die Eichhörnchen würden sich bald ans Einsammeln machen, sagte Fräulein Honig, und sie sorgsam verstecken für die kargen Monate, die vor ihnen lagen.

«Heißt das, dass Sie hier wohnen?», fragte Matilda.

«Ja», antwortete Fräulein Honig, ohne jedoch mehr dazu zu bemerken.

Matilda hatte noch nie einen Gedanken darauf verschwendet, wo Fräulein Honig wohnen mochte. Sie hatte sie immer nur als Lehrerin betrachtet, als eine Person, die aus dem Nichts auftaucht, in der Schule Unterricht gibt und dann wieder verschwindet. Hält sich irgendeins von uns Kindern damit auf, überlegte sie, darüber nachzudenken, wo unsere Lehrer nach dem Schulschluss bleiben? Denken wir darüber nach, ob sie alleine wohnen oder ob zu Hause eine Mutter auf sie wartet, eine

Schwester oder ein Mann oder eine Frau? «Wohnen Sie ganz alleine, Fräulein Honig?», fragte sie.

«Ja», antwortete Fräulein Honig, «ganz alleine.»

Der Weg führte an den Karrenspuren im Lehm entlang, die von der Sonne fest und hart gebacken waren, und wenn man sich nicht den Knöchel verknacksen wollte, musste man gut aufpassen, wohin man die Füße setzte. In den Haselnusszweigen hüpften ein paar kleine Vögel herum, und das war alles.

«Es ist nur eine Kate, die Hütte eines Landarbeiters», erklärte Fräulein Honig, «du darfst nicht zu viel erwarten. Wir sind auch gleich da.»

Sie kamen an eine kleine grüne Pforte, die rechts halb von der Hecke überwuchert war und sich hinter den überhängenden Haselnusszweigen fast versteckte. Fräulein Honig blieb stehen, die eine Hand auf der Pforte und sagte: «Hier wären wir. Hier wohne ich.»

Matilda erkannte einen schmalen ungepflasterten Pfad, der zu einem Häuschen aus roten Backsteinen führte. Es war so klein, dass es mehr wie ein Puppenhaus als wie eine menschliche Behausung wirkte. Die Backsteine, aus denen es gemauert war, sahen alt und brüchig aus und ihr Rot war schon sehr verblasst. Die Hütte hatte ein graues Schieferdach, einen kleinen Schornstein und vorn zwei kleine Fenster. Jedes Fenster war nicht sehr viel größer als eine zusammengefaltete Zeitung und es war klar zu erkennen, dass es in diesem Haus keinen ersten Stock gab. Zu beiden Seiten des Gartenwegs wucherten Nesseln und Brombeerranken und hohes braunes Gras wild durcheinander. Eine gewaltige Eiche überschattete die Hütte. Ihre kräftigen, knorrigen Äste schienen das winzige Häuschen zu umarmen und zu behüten, vielleicht auch vor dem Rest der Welt zu verbergen.

Fräulein Honig, deren Hand immer noch auf der Pforte lag, die sie noch nicht geöffnet hatte, wandte sich zu Matilda und sagte: «Ein Dichter namens Dylan Thomas hat einmal einige Zeilen geschrieben, an die ich immer denken muss, wenn ich diesen Weg entlanggehe.»

Matilda wartete, und Fräulein Honig begann mit wunderbar langsamer Stimme das Gedicht aufzusagen:

«Nie und nimmer, mein Mädchen, herangereist
aus dem Lande der Sagen, im Schlaf fast gesprochen,
darfst du denken und fürchten, der Wolf im
                              schneeweißen Schafspelz,
der heult und herumtobt wie toll, könnte springen,
                              mein Lieb, meine Liebste,
aus dem Lager aus lockigem Laub, aus dem
                              taufeuchten Jahr,
um dein Herz zu verzehren im Hause aus rosigem
                              Holz.»

Einen Augenblick herrschte Schweigen, und Matilda, die noch niemals große romantische Poesie laut gesprochen gehört hatte, war tief bewegt. «Das ist wie Musik», flüsterte sie.

«Das ist wirklich Musik», antwortete Fräulein Honig. Und dann, als sei sie erschrocken, einen geheimen Teil ihres Wesens enthüllt zu haben, stieß sie rasch die Pforte auf und ging den Pfad entlang. Matilda blieb zurück. Dieser Ort jagte ihr jetzt doch ein bisschen Angst ein. Er schien so unwirklich zu sein, so abgelegen und phantastisch und so endlos weit vom Alltag entfernt. Er wirkte wie eine Illustration zu den Märchen der Brüder Grimm oder Hans Christian Andersens. Das war die Hütte, in der der arme Holzfäller mit Hänsel und Gretel lebte, wo Rotkäppchens Großmutter wohnte, und es war auch das Haus der sieben Zwerge und drei Bären und aller anderen. Es stammte direkt aus einem Märchenbuch.

«Komm, mein Liebes», rief Fräulein Honig, und Matilda folgte ihr den Pfad entlang.

Die Haustür war mit grüner Farbe gestrichen, die abplatzte, und es gab kein Schlüsselloch. Fräulein Honig hob einfach den Riegel, stieß die Tür auf und trat ein. Obgleich sie keine groß gewachsene Frau war, musste sie sich bücken, und Matilda lief hinter ihr her und fand sich in einer Art finsterem, engem Tunnel wieder.

«Du kannst gleich mit in die Küche durchkommen und mir beim Tee helfen», sagte Fräulein Honig und führte Matilda durch den Tunnel in die Küche, wenn man so etwas Küche nennen mochte. Sie war nicht viel größer als ein anständiger Kleiderschrank und hatte nur ein einziges kleines Fenster nach hinten hinaus mit einem Spülstein darunter, über dem sich jedoch keine Hähne befanden. An der anderen Wand war ein Brett, auf dem vermutlich das Essen vorbereitet wurde, und darüber hing ein einsamer Schrank. Auf dem Brett standen ein Primuskocher, ein Stieltopf und eine halb volle Flasche Milch. Ein Primuskocher ist ein kleiner Campingherd, den man mit Paraffin füllt, oben anzündet, und dann muss man pumpen, um für die Flamme genug Druck zu bekommen.

«Du kannst mir etwas Wasser holen, während ich den Primus anzünde», sagte Fräulein Honig. «Der Brunnen ist draußen hinterm Haus. Nimm den Eimer hier. Am Brunnen findest du ein Seil. Du brauchst den Eimer nur am Ende des Seils einzuhaken und runterzulassen, aber fall nicht selber rein.»

Matilda war jetzt mehr denn je verwirrt, ergriff aber den Eimer und trug ihn in den Hintergarten hinaus. Der Brunnen hatte ein kleines hölzernes Dach, eine einfache Kurbel und ein Seil, das in einem dunklen, bodenlosen Loch verschwand. Matilda zog das Seil heraus und hakte den Eimergriff am Seilende fest. Dann ließ sie ihn hinab, bis sie es planschen hörte und das Seil locker wurde. Sie kurbelte es wieder hoch und wahrhaftig, im Eimer war Wasser.

«Ist das genug?», fragte sie, nachdem sie es hineingetragen hatte.

«Gerade ausreichend», antwortete Fräulein Honig. «So etwas hast du wohl noch nie gemacht?»

«Nie in meinem ganzen Leben», antwortete Matilda. «Es macht Spaß. Wie kriegen Sie genug Wasser für Ihr Bad?»

«Ich bade gar nicht», sagte Fräulein Honig, «ich wasche mich im Stehen. Ich hole mir einen Eimer Wasser, und das mache ich mir hier auf diesem kleinen Herd heiß, und dann ziehe ich mich aus und wasche mich von Kopf bis zu den Füßen.»

«Ehrlich, das tun Sie?», fragte Matilda.

«Natürlich», sagte Fräulein Honig, «es ist noch gar nicht lange her, da haben sich alle armen Leute in England so gewaschen. Und sie hatten noch nicht einmal einen Primuskocher. Sie mussten sich das Wasser auf dem Herdfeuer warm machen.»

«Sind Sie arm, Fräulein Honig?»

«Ja», antwortet Fräulein Honig, «ziemlich. Das ist ein guter kleiner Herd, nicht wahr?» Der Primuskocher ließ eine starke blaue Flamme röhren, und im Wasser im Topf begannen schon Blasen aufzusteigen. Fräulein Honig nahm einen Teetopf aus dem Hängeschrank und schüttete etwas Tee hinein. Sie entdeckte auch noch einen kleinen Laib Schwarzbrot. Sie schnitt zwei dünne Scheiben ab und strich etwas Margarine aus einer Plastikdose auf das Brot.

Margarine, dachte Matilda, sie muss wirklich arm sein.

Fräulein Honig nahm ein Tablett und stellte die beiden Becher, den Teetopf, die halbe Flasche Milch und einen Teller mit den beiden Brotscheiben darauf. «Es tut mir Leid, aber ich habe keinen Zucker», sagte sie, «ich nehme niemals welchen.»

«Ich auch nicht», sagte Matilda. Sie schien sich in ihrer Weisheit vollkommen der heiklen Lage bewusst zu sein und gab sich große Mühe, nichts zu sagen, was ihre Gefährtin in Verlegenheit bringen könnte.

«Wir wollen den Tee im Wohnzimmer trinken», schlug Fräulein Honig vor, nahm das Tablett und ging vor, aus der Küche heraus durch den dunklen kleinen Tunnel hinüber in das Vorderzimmer. Matilda folgte ihr, aber in der Tür des so genannten Wohnzimmers blieb sie wie festgenagelt stehen und schaute sich starr vor Staunen um. Der Raum war so klein, rechteckig und kahl wie eine Gefängniszelle. Das schwache Tageslicht, das hereinschien, kam durch ein winziges Fenster an der Vorderfront, vor dem keine Vorhänge hingen. Die einzigen Gegenstände in dem ganzen Raum waren zwei umgedrehte Holzkisten, die als Stühle dienten, und dazwischen eine dritte Kiste als Tisch. Das war alles. An den Wänden hingen keine Bilder, auf dem Boden lag kein Teppich, man sah nur die rohen Dielenbretter, und in den Ritzen dazwi-

schen hatten sich Staubflocken und Dreckkrümel angesammelt. Die Decke war so niedrig, dass Matilda nur
hätte hoch zu springen brauchen, schon hätte sie sie mit
den Fingerspitzen berührt. Die Wände waren weiß, aber
es sah nicht wie Farbe aus. Matilda rieb mit der flachen
Hand darüber, und ein weißer Staub blieb daran haften.
Es war Tünche, die einfache Kalkmilch, die man zum
Weißen von Scheunen, Kuh- und Hühnerställen benutzt.

Matilda war verstört. Wohnte ihre ordentliche und immer so adrett gekleidete Lehrerin wirklich hier? Musste
sie nach ihrer Tagesarbeit immer hierher zurückkehren?
Das war unglaublich. Und was konnte es für einen Grund
dafür geben? Dahinter musste etwas ganz Merkwürdiges
stecken.

Fräulein Honig stellte das Tablett auf eine der hoch-
kant gestellten Kisten. «Setz dich, mein Liebes, setz dich
doch», sagte sie, «und dann wollen wir eine schöne Tasse
Tee trinken. Nimm dir ein Stück Brot. Die beiden Scheiben sind für dich. Ich nehme nie etwas zu mir, wenn ich
nach Hause komme. Ich greife mittags in der Schule
tüchtig zu, und das reicht mir dann bis zum nächsten
Morgen.»

Matilda ließ sich vorsichtig auf einer umgekippten
Kiste nieder, griff mehr aus Höflichkeit nach einem Stück
Margarinebrot und fing an es zu essen. Zu Hause hätte
sie Toast mit Butter und Erdbeermarmelade bekommen
und zum Abschluss wahrscheinlich noch ein Stück Bis-
kuittorte. Trotzdem machte ihr dies hier sehr viel mehr
Spaß. Es gab ein Geheimnis in diesem Haus. Ein großes
Geheimnis, das stand außer Zweifel, und Matilda platzte
geradezu vor Neugier. Sie wollte herausfinden, was das
für ein Geheimnis war.

Fräulein Honig schenkte den Tee ein und goss in jede Tasse ein wenig Milch. Es schien ihr nicht das Geringste auszumachen, in einem kahlen Raum auf einer umgekehrten Kiste zu sitzen und Tee aus einem Becher zu trinken, den sie auf ihren Knien balancierte.

«Weißt du», sagte sie, «ich habe über das, was du mit dem Glas gemacht hast, sehr gründlich nachgedacht. Du weißt sicher, mein Kind, dass dir eine große Macht verliehen worden ist.»

«Ja, Fräulein Honig, das weiß ich», antwortete Matilda und kaute ihr Margarinebrot.

«Soviel ich weiß», fuhr Fräulein Honig fort, «hat bis jetzt noch keiner in der Weltgeschichte einen Gegenstand bewegen können, ohne dass er ihn berührt oder dagegen gepustet oder irgendeine andere fremde Hilfe in Anspruch genommen hätte.»

Matilda nickte schweigend.

«Es wäre faszinierend», sagte Fräulein Honig, «wenn man die wirkliche Grenze deiner Kraft herausbekommen könnte. Ja, ja, ich weiß, du bildest dir ein, du könntest einfach alles in Bewegung setzen, was es gibt, aber gerade da habe ich meine Zweifel.»

«Ich würde wahnsinnig gerne irgendetwas Riesiges versuchen», sagte Matilda.

«Wie ist es mit der Entfernung?», fragte Fräulein Honig. «Musst du immer dicht bei dem Gegenstand sein, den du bewegst?»

«Das weiß ich einfach nicht», antwortete Matilda, «aber es würde mir Spaß machen, das auszuprobieren.»

Fräulein Honigs Geschichte

Wir sollten das nicht übereilen», sagte Fräulein Honig, «lass uns lieber noch eine Tasse Tee trinken. Und iss die zweite Scheibe Brot. Du musst doch hungrig sein.»

Matilda nahm sich die zweite Schnitte und fing an, sie langsam und bedächtig zu kauen. Die Margarine schmeckte gar nicht so schlecht. Sie bezweifelte, ob sie den Unterschied gemerkt hätte, wenn sie's nicht gewusst hätte. «Fräulein Honig», sagte sie plötzlich, «werden Sie in unserer Schule so schlecht bezahlt?»

Fräulein Honig warf ihr einen wachsamen Blick zu. «Es geht», sagte sie, «ich bekomme ungefähr genauso viel wie die anderen.»

«Aber wenn Sie so schrecklich arm sind, muss das doch ziemlich wenig sein», sagte Matilda. «Leben alle Lehrer so wie Sie, ohne Möbel und Kochherd und Badezimmer?»

«Nein, das nicht», antwortete Fräulein Honig ziemlich steif, «ich bin nur zufällig eine Ausnahme.»

«Wahrscheinlich mögen Sie gerne ganz einfach leben», sagte Matilda, indem sie sich noch weiter vorwagte. «Es muss den Hausputz sehr viel einfacher machen, und Sie brauchen keine Möbel abzuledern und sich nicht um diese albernen kleinen Nippsachen zu kümmern, die überall rumstehen und die man jeden Tag abstauben muss. Und wenn man keinen Kühlschrank hat, dann muss man wahrscheinlich auch gar nicht aus dem Haus gehen und all dieses Zeug kaufen, Eier und Mayonnaise und Eiscreme, um den Kühlschrank voll zu kriegen. Ja, man kann sich diese ganze Einkauferei sparen.»

An dieser Stelle merkte Matilda, wie sich Fräulein Honigs Gesicht verkrampfte und einen sonderbaren Ausdruck annahm. Ihr ganzer Körper war angespannt, die Schultern hochgezogen, die Lippen zusammengepresst, so saß sie da, umklammerte mit beiden Händen den Teebecher und starrte so verbissen hinein, als ob sie dort eine Antwort auf diese gar nicht so unschuldigen Fragen suchte.

Es folgte ein ziemlich langes und bedrückendes Schweigen. Innerhalb von einer halben Minute hatte sich die Atmosphäre in dem kleinen Raum vollkommen verändert und vibrierte jetzt vor Verlegenheit und Geheimnissen. Matilda sagte: «Bitte verzeihen Sie mir, dass ich Sie all das gefragt habe, Fräulein Honig. Es geht mich ja nichts an.»

Daraufhin riss sich Fräulein Honig zusammen. Sie straffte die Schultern und stellte den Becher sehr umständlich und behutsam auf das Tablett.

«Warum hättest du nicht fragen sollen?», sagte sie. «Irgendwann hättest du es ohnehin getan. Du bist viel zu aufgeweckt, um dir keine Gedanken zu machen. Vielleicht *wollte* ich sogar, dass du fragst. Vielleicht habe ich dich nur aus diesem Grund hierher eingeladen. Du bist nämlich der allererste Besucher, seit ich vor zwei Jahren in dieses Häuschen eingezogen bin.»

Matilda schwieg. Sie konnte spüren, wie die Spannung im Raum immer stärker wurde.

«Du bist für deine Jahre so einsichtsvoll, mein Liebes», fuhr Fräulein Honig fort. «Das bringt mich immer wieder durcheinander. Du siehst wie ein Kind aus, aber in Wirklichkeit bist du überhaupt kein Kind, weil dein Verstand und deine Geisteskräfte ganz erwachsen zu sein scheinen. Ich glaube, wir sollten dich als ein erwachsenes Kind bezeichnen, wenn du weißt, was ich meine.»

Matilda schwieg noch immer. Sie wartete auf das, was als Nächstes kommen musste.

«Bis jetzt», fuhr Fräulein Honig fort, «war es mir unmöglich, mit einem anderen Menschen über meine Probleme zu sprechen. Ich hatte Angst vor den Aufregungen, und mir hat immer der Mut gefehlt. Was ich an Mut besessen hatte, das ist mir schon ausgetrieben worden, als ich noch ganz klein war. Aber jetzt habe ich plötzlich so etwas wie den verzweifelten Wunsch, jemandem alles zu erzählen. Ich weiß, du bist nur ein Kind, ein kleines Mädchen, aber irgendwo steckt ein Zauber in dir. Das habe ich mit eigenen Augen gesehen.»

Matilda wurde plötzlich sehr aufmerksam. Die Stimme, die sie hörte, rief ganz unverhüllt nach Hilfe. Ja, bestimmt. Es konnte gar nicht anders sein.

Dann erhob sich die Stimme wieder. «Willst du noch einen Schluck Tee?», sagte sie. «Ich glaube, es ist noch etwas da.»

Matilda nickte.

Fräulein Honig schenkte den Tee in die beiden Becher und gab etwas Milch hinzu. Wieder umschloss sie ihren Becher mit beiden Händen und trank mit kleinen Schlucken. Ein ziemlich langes Schweigen entstand, bis sie fragte: «Darf ich dir eine Geschichte erzählen?»

«Natürlich», antwortete Matilda.

«Ich bin dreiundzwanzig Jahre alt», sagte Fräulein Honig, «und als ich geboren wurde, war mein Vater hier am

Ort der Arzt. Wir hatten ein hübsches altes Haus, ziemlich groß, aus rotem Backstein. Es liegt ganz verborgen im Wald, hinter den Hügeln. Ich glaube, du kennst es gar nicht.»

Matilda schwieg.

«Dort bin ich geboren worden», fuhr Fräulein Honig fort, «und dann ereignete sich die erste Tragödie. Meine Mutter starb, als ich zwei Jahre alt war. Mein Vater hatte viel zu tun und brauchte jemanden, der das Haus führte und sich um mich kümmerte. Er lud also die unverheiratete Schwester meiner Mutter, meine Tante, ein, zu uns zu ziehen. Sie war einverstanden und kam zu uns.»

Matilda hörte gespannt zu. «Wie alt war die Tante, als sie bei Ihnen einzog?», fragte sie.

«Noch nicht sehr alt», antwortete Fräulein Honig, «ich würde sagen, so um die dreißig. Aber ich hab sie von Anfang an gehasst. Ich vermisste meine Mutter entsetzlich, und die Tante war nicht sehr freundlich. Mein Vater wusste das nicht, weil er nur selten da war, aber wenn er auftauchte, führte sich meine Tante ganz anders auf.»

Fräulein Honig hielt inne und trank einen Schluck Tee. «Ich weiß wirklich nicht, warum ich dir das alles erzähle», sagte sie verlegen.

«Weiter», sagte Matilda, «bitte.»

«Na gut», sagte Fräulein Honig. «Dann ereignete sich die zweite Tragödie. Als ich fünf Jahre alt war, starb mein Vater ganz plötzlich. Von einem Tag auf den anderen. Und ich blieb allein mit meiner Tante zurück. Das Gericht bestimmte sie zu meinem Vormund. Sie hatte also das Sorgerecht für mich, konnte wie Eltern über mich bestimmen, und irgendwie wurde sie auch die eigentliche Besitzerin des Hauses.»

«Wie ist Ihr Vater denn gestorben?», fragte Matilda.

«Es ist interessant, dass du dich danach erkundigst», sagte Fräulein Honig. «Ich selbst war damals viel zu klein, um danach zu fragen, aber später habe ich festgestellt, dass es beträchtliche Unklarheiten um diesen Tod gegeben hat.»

«Hat man nicht gewusst, woran er gestorben ist?», fragte Matilda.

«Nein, nicht genau», erwiderte Fräulein Honig zögernd. «Weißt du, es wollte einfach niemand glauben, dass er so etwas getan hatte. Er war ein durch und durch gesunder und vernünftiger Mann.»

«Was getan hatte?», fragte Matilda.

«Sich das Leben genommen.»

Das verblüffte Matilda. «Hat er das wirklich getan?», stieß sie hervor.

«So hat es *ausgesehen*», sagte Fräulein Honig, «aber wer weiß?» Sie zuckte die Schultern und wandte sich ab und starrte zu dem winzigen Fenster hinaus.

«Ich weiß, was Sie denken», sagte Matilda, «Sie glauben, dass ihn die Tante getötet hat und dass sie es so eingerichtet hat, dass man denken musste, er hätte es selber getan.»

«Ich denke gar nichts», erwiderte Fräulein Honig. «Wenn es keinen Beweis gibt, darf man so etwas nicht denken.»

In der kleinen Stube wurde es totenstill. Matilda merkte, dass die Hände, die den Becher umklammerten, leise bebten. «Und was ist danach passiert?», fragte sie. «Was ist mit Ihnen passiert, als Sie mit der Tante allein waren? War sie nicht nett zu Ihnen?»

«Nett?», sagte Fräulein Honig. «Sie war ein Teufel. Sobald mein Vater aus dem Wege war, wurde sie ein wahres Schreckgespenst. Mein Leben wurde ein Angsttraum.»

«Was hat sie Ihnen denn angetan?», erkundigte sich Matilda.

«Darüber möchte ich nicht sprechen», sagte Fräulein Honig, «es ist zu schrecklich. Aber schließlich bekam ich solche Angst vor ihr, dass ich schon zu zittern anfing, wenn sie nur den Raum betrat. Ich bin niemals so ein starker Charakter wie du gewesen, verstehst du? Ich war immer schüchtern und scheu.»

«Haben Sie denn gar keine anderen Verwandten gehabt?», fragte Matilda. «Irgendwelche Onkel oder Tanten oder Omas, die Sie hätten besuchen können?»

«Soweit ich weiß, nicht», antwortete Fräulein Honig. «Sie waren alle entweder tot oder nach Australien ausgewandert. Und ich fürchte, daran hat sich bis heute nichts geändert.»

«Sie sind also alleine mit Ihrer Tante in dem Haus aufgewachsen», sagte Matilda, «aber Sie müssen doch in die Schule gegangen sein.»

«Natürlich», erwiderte Fräulein Honig, «ich bin in dieselbe Schule gegangen, die du jetzt besuchst. Aber gewohnt habe ich eben zu Hause.» Fräulein Honig hielt inne und starrte in ihren leeren Teebecher. «Also, was ich dir gerade zu erklären versuche», fuhr sie fort, «ist wohl, wie ich im Lauf der Jahre von diesem Tantenungetüm so vollständig geduckt und beherrscht wurde, dass ich auf der Stelle gehorchte, gleichgültig, was sie befahl. So etwas kann passieren, verstehst du. Und als ich schließlich zehn geworden war, hatte sie mich ganz und gar zu ihrer Sklavin gemacht. Ich erledigte die ganze Hausarbeit. Ich machte ihr Bett. Ich wusch und bügelte für sie. Ich bereitete alle Mahlzeiten zu. Ich hatte einfach alles gelernt.»

«Aber Sie hätten doch sicherlich irgendjemandem Ihr Herz ausschütten können?», fragte Matilda.

«Wem denn?», fragte Fräulein Honig. «Und außerdem, ich war viel zu verschreckt um mich zu beschweren. Ich hab dir doch gesagt, ich war eine Sklavin.»

«Hat sie Sie geschlagen?»

«Wir wollen bitte nicht in die Einzelheiten gehen», sagte Fräulein Honig.

«Das ist ja einfach grauenhaft», sagte Matilda. «Haben Sie nicht die ganze Zeit geheult?»

«Nur wenn ich alleine war», antwortete Fräulein Honig. «Vor ihr durfte ich nicht weinen. Aber ich lebte in Angst und Schrecken.»

«Und was ist passiert, als Sie mit der Schule fertig waren?», fragte Matilda.

«Ich war eine gute Schülerin», sagte Fräulein Honig, «ich hätte leicht studieren können. Aber das kam gar nicht infrage.»

«Warum nicht, Fräulein Honig?»

«Weil ich zu Hause benötigt wurde, für die ganze Arbeit.»

«Wie sind Sie denn dann Lehrerin geworden?»

«In Reading gibt es ein Lehrerinnenkolleg», sagte Fräulein Honig. «Dahin fährt man mit dem Bus nur vierzig Minuten. Ich bekam die Erlaubnis, dorthin zu fahren, allerdings nur unter der Bedingung, dass ich jeden Nachmittag geradewegs wieder nach Hause kam, um zu waschen und zu bügeln und das Haus zu putzen und das Essen zu kochen.»

«Wie alt sind Sie denn da gewesen?», fragte Matilda.

«Als ich in das Lehrerinnenkolleg ging, war ich achtzehn», antwortete Fräulein Honig.

«Sie hätten doch einfach packen und weggehen können», sagte Matilda.

«Nicht ohne eine Anstellung», sagte Fräulein Honig, «und du darfst nicht vergessen, da hatte mich meine Tante noch so unter der Fuchtel, dass ich mich gar nicht getraut hätte. Du kannst dir gar nicht vorstellen, wie das ist, wenn man von einer sehr starken Persönlichkeit so voll und ganz beherrscht wird. Da wirst du wie ein Wackelpudding. Tja, so ist das. Nun kennst du meine trübselige Lebensgeschichte. Und jetzt hab ich genug geredet.»

«Bitte, hören Sie nicht auf», sagte Matilda, «Sie sind ja noch nicht fertig. Wie haben Sie es schließlich doch geschafft, ihr zu entkommen und in diese komische kleine Hütte zu ziehen?»

«Ah, das war vielleicht was!», sagte Fräulein Honig. «Darauf bin ich richtig stolz.»

«Erzählen!», bat Matilda.

«Nun gut», fuhr Fräulein Honig fort, «als ich also eine Stelle als Lehrerin bekam, teilte mir die Tante mit, dass ich ihr ziemlich viel Geld schuldete. Ich fragte sie warum. Sie sagte: ‹Weil ich dich jahrelang ernährt habe und weil ich dir die Schuhe und die Kleider gekauft habe!› Sie sagte mir, das sei in die Tausende gegangen, und ich müsste ihr das alles zurückzahlen, indem ich ihr in den nächsten zehn Jahren mein Gehalt gäbe. ‹Ein Pfund pro Woche gebe ich dir als Taschengeld›, sagte sie, ‹aber darüber hinaus kriegst du nichts.› Dann hat sie mit der Schulbehörde abgemacht, dass mein Geld direkt auf ihr Bankkonto überwiesen wird. Sie zwang mich, das zu unterschreiben.»

«Das hätten Sie aber nicht tun sollen», sagte Matilda, «das Gehalt war Ihr Schlüssel zur Freiheit.»

«Ich weiß, ich weiß», sagte Fräulein Honig, «aber ich war fast mein ganzes Leben lang von ihr abhängig gewesen, und ich hatte nicht den Mut oder den Verstand, einfach nein zu sagen. Ich hatte immer noch eine Heidenangst vor ihr. Sie konnte mir immer noch viel Böses antun!»

«Und wie haben Sie's dann doch geschafft, ihr zu entkommen?», fragte Matilda.

«Ah», sagte Fräulein Honig und lächelte zum ersten Mal, «das war vor zwei Jahren. Und es war mein größter Triumph.»

«Ach bitte, erzählen Sie», bat Matilda.

«Ich stand immer sehr früh auf und machte einen Spaziergang, während meine Tante noch schlief», sagte Fräulein Honig, «und da bin ich eines Tages auf diese Hütte gestoßen. Sie stand leer. Ich kriegte heraus, wem sie gehörte. Das war ein Bauer. Ich suchte ihn auf. Bauern stehen auch ziemlich früh auf. Er melkte gerade seine Kühe. Ich fragte ihn, ob ich dieses Häuschen mieten könnte. ‹In dieser Kate kann doch keiner leben!›, rief er. ‹Die hat ja keinen Wasseranschluss und kein gar nichts!› – ‹Ich will da wohnen›, sagte ich, ‹ich bin eine Romantikerin. Ich hab mich in die Kate verliebt. Bitte vermieten Sie sie mir.› – ‹Bei Ihnen piept's wohl›, sagte er, ‹aber wenn Sie drauf beharren, na, dann bitte schön. Die Miete beträgt zehn Pence pro Woche.› – ‹Hier haben Sie eine Monatsmiete im Voraus›, sagte ich und gab ihm vierzig Pence, ‹und auch herzlichen Dank!›»

«Das ist ja super!», rief Matilda. «Da haben Sie ganz plötzlich ein Häuschen für sich gehabt! Aber woher haben Sie den Mut genommen, es Ihrer Tante beizubringen?»

«Das war ein harter Brocken», sagte Fräulein Honig, «aber ich habe mich dafür gerüstet. Eines Abends habe ich ihr zuerst das Essen gekocht, und dann bin ich hinaufgegangen und hab die paar Sachen, die mir gehörten, in einen Karton gepackt und bin wieder nach unten gegangen und hab verkündet, dass ich sie verlasse. ‹Ich habe ein Haus gemietet›, hab ich gesagt. Meine Tante ist explodiert. ‹Ein Haus gemietet!›, hat sie geschrien. ‹Wie kannst du ein Haus mieten, wenn du nur ein Pfund in der Woche zur Verfügung hast?› – ‹Ich hab's getan›, hab ich gesagt. ‹Und wovon willst du dir das Essen kaufen?› – ‹Das schaff ich schon›, hab ich gemurmelt, und dann bin ich aus der Haustür gestürzt.»

«Das war aber tüchtig!», rief Matilda. «So sind Sie schließlich doch freigekommen!»

«Ja, schließlich war ich frei», sagte Fräulein Honig. «Ich kann dir nicht sagen, wie wunderbar das war.»

«Und Sie haben es wirklich geschafft, hier zwei Jahre lang nur mit einem Pfund pro Woche auszukommen?», fragte Matilda.

«Und ob ich das geschafft habe», sagte Fräulein Honig. «Zehn Pence zahle ich als Miete, und der Rest reicht gerade aus, für meinen Kocher und für meine Lampe Paraffin zu kaufen und dann noch ein bisschen Milch und Tee, Brot und Margarine. Mehr brauche ich wirklich nicht. Und wie ich dir schon gesagt habe, mittags in der Schule lang ich tüchtig zu.»

Matilda starrte sie an. Wie war Fräulein Honig doch tapfer gewesen. Sie wurde in Matildas Augen plötzlich zur Heldin. «Ist es hier im Winter nicht schrecklich kalt?»

«Ich hab ja meinen kleinen Paraffin-Ofen», sagte Fräulein Honig. «Du wärst ganz erstaunt, wie mollig ich es mir hier drinnen machen kann.»

«Haben Sie denn ein Bett, Fräulein Honig?»

«Genau genommen eigentlich nein», erwiderte Fräulein Honig und lächelte wieder, «aber man sagt ja, es sei gesund, hart zu schlafen.»

Plötzlich war Matilda imstande, die ganze Situation in absoluter Klarheit zu erkennen. Fräulein Honig brauchte Hilfe. Sie konnte so nicht weiterexistieren, nicht unbegrenzt lange. «Sie würden viel besser zurechtkommen, Fräulein Honig», sagte sie, «wenn Sie Ihre Stelle aufgeben und Arbeitslosengeld beziehen.»

«Ich denke gar nicht daran», sagte Fräulein Honig, «ich unterrichte für mein Leben gern.»

«Und diese grässliche Tante», sagte Matilda, «wohnt sie immer noch in Ihrem schönen alten Haus?»

«Das kann man wohl sagen», entgegnete Fräulein Honig. «Sie ist erst gerade über fünfzig. Sie hat wohl noch eine ziemlich lange Zeit vor sich.»

«Und glauben Sie wirklich, dass Ihr Vater ihr das Haus zugedacht hat?»

«Ich bin fest davon überzeugt, dass er das nicht getan hat», antwortete Fräulein Honig. «Eltern räumen einem Vormund oft das Recht ein, das Haus für eine bestimmte Zeit zu bewohnen, aber der kann es immer nur für das Kind verwalten. Wenn dieses Kind volljährig wird, geht es in seinen oder ihren Besitz über.»

«Dann muss es doch noch Ihr Haus sein?», fragte Matilda.

«Das Testament meines Vaters ist nie gefunden worden. Es sieht so aus, als ob es jemand vernichtet hätte.»

«Dreimal darf ich raten wer», sagte Matilda.

«Einmal reicht», meinte Fräulein Honig.

«Aber wenn es kein Testament gibt, Fräulein Honig, dann müsste das Haus doch automatisch an Sie fallen. Sie sind doch die nächste Verwandte.»

«Das weiß ich», sagte Fräulein Honig, «aber meine Tante konnte einen Zettel vorweisen, der vermutlich von meinem Vater stammte. Auf dem stand, er wolle das Haus seiner Schwägerin vererben zum Dank dafür, dass sie sich so freundlich um mich gekümmert hätte. Ich bin sicher, das war eine Fälschung. Aber beweisen kann es keiner.»

«Könnten Sie es nicht versuchen?», fragte Matilda. «Könnten Sie nicht einen guten Rechtsanwalt nehmen und darum kämpfen?»

«Dafür habe ich kein Geld», sagte Fräulein Honig, «und du darfst auch nicht vergessen, dass diese Tante von mir eine hoch geachtete Persönlichkeit in der Stadt ist. Sie besitzt einen beträchtlichen Einfluss.»

«Wer ist sie denn?», fragte Matilda.

Fräulein Honig zögerte einen Augenblick. Dann sagte sie leise: «Fräulein Knüppelkuh.»

Die Namen

Fräulein Knüppelkuh!», schrie Matilda und hüpfte auf einem Fuß im Kreise. «Wollen Sie behaupten, das wär Ihre Tante? Die hat Sie aufgezogen?»

«Ja», sagte Fräulein Honig.

«Kein Wunder, dass Sie so viel Angst hatten!», rief Matilda. «Gestern hab ich gesehen, wie sie ein Mädchen bei den Zöpfen packte und über den Zaun vom Schulhof schleuderte!»

«Da hast du noch gar nichts gesehen», sagte Fräulein Honig. «Nach dem Tod meines Vaters, als ich fünfeinhalb Jahre alt war, befahl sie mir meistens, alleine zu baden. Und wenn sie heraufkam und dachte, ich hätte mich nicht ordentlich gewaschen, dann drückte sie mir den Kopf unter Wasser und hielt mich so fest. Aber ich will gar nicht damit anfangen, was sie noch für Gewohnheiten hatte. Das wird uns überhaupt nicht weiterhelfen.»

«Nein», sagte Matilda, «das hilft nichts.»

«Wir sind hierher gekommen», sagte Fräulein Honig, «um über dich zu sprechen, und jetzt hab ich die ganze Zeit nur über mich geredet. Ich komme mir ganz albern vor. Ich möchte wirklich viel lieber wissen, was du alles mit deinen erstaunlichen Augen ausrichten kannst.»

«Ich kann Gegenstände bewegen», antwortete Matilda, «das weiß ich bestimmt. Und ich kann Gegenstände umkippen.»

«Was würdest du denn davon halten», sagte Fräulein Honig, «wenn wir in aller Vorsicht ein paar Experimente durchführten, einfach um festzustellen, wie viel du in Bewegung setzen und umkippen kannst?»

Zu ihrer Überraschung erwiderte Matilda: «Wenn Sie nichts dagegen haben, Fräulein Honig, würde ich das, glaube ich, lieber nicht tun. Ich möchte jetzt nach Hause gehen und nachdenken, über alles nachdenken, was ich heute Nachmittag gehört habe.»

Fräulein Honig stand sofort auf. «Natürlich», sagte sie, «ich habe dich viel zu lange hier bei mir behalten. Deine Mutter wird schon anfangen, sich Sorgen zu machen.»

«Das macht sie nie», erwiderte Matilda und lächelte, «aber ich würde jetzt trotzdem gern nach Hause gehen, wenn's Ihnen recht ist.»

«Also dann komm», sagte Fräulein Honig. «Es tut mir Leid, dass du nur so einen erbärmlichen Tee bekommen hast.»

«Überhaupt nicht», sagte Matilda, «ich fand es schön.»

Die beiden legten die ganze Strecke bis zu Matildas Haus in tiefem Schweigen zurück. Fräulein Honig spürte, dass es Matilda so am liebsten hatte. Das Kind schien so in Gedanken versunken zu sein, dass es kaum darauf achtete, wohin es ging, und als sie die Gartentür von Matildas Haus erreicht hatten, sagte Fräulein Honig: «Du vergisst am besten alles, was ich dir heute Nachmittag erzählt habe.»

«Das kann ich nicht versprechen», sagte Matilda, «aber ich verspreche, dass ich mit keinem darüber reden werde, nicht einmal mit Ihnen.»

«Das wäre, glaube ich, sehr klug», sagte Fräulein Honig.

«Ich kann aber nicht versprechen, dass ich aufhöre darüber nachzudenken, Fräulein Honig», fuhr Matilda fort. «Ich habe auf dem ganzen Rückweg von Ihrem Häuschen darüber nachgedacht, und ich glaube, ich habe einen allerersten, winzigen Anfang von einer Idee.»

«Das sollst du nicht», sagte Fräulein Honig, «bitte streich das alles aus deinem Gedächtnis.»

«Ich würde Ihnen gerne noch drei allerletzte Fragen stellen, ehe ich nicht mehr davon rede», sagte Matilda. «Ob Sie mir die bitte beantworten, Fräulein Honig?»

Fräulein Honig lächelte. Es war schon etwas ganz Besonderes, sagte sie sich, wie dieses winzige Wesen sich plötzlich ihrer Probleme annahm, und noch dazu mit einer solchen Autorität. «Also», antwortete sie, «das hängt davon ab, was das für Fragen sind.»

«Die erste Frage lautet», sagte Matilda, «wie nannte Fräulein Knüppelkuh Ihren Vater, wenn sie bei sich zu Hause waren?»

«Ich bin sicher, dass sie Magnus zu ihm sagte», antwortete Fräulein Honig, «das war sein Rufname.»

«Und wie nannte Ihr Vater Fräulein Knüppelkuh?»

«Sie heißt Agatha», sagte Fräulein Honig, «und so wird er sie wohl auch genannt haben.»

«Und als Letztes», sagte Matilda, «wie sind Sie von Ihrem Vater und von Fräulein Knüppelkuh zu Hause genannt worden?»

«Sie sagten Florentine zu mir», antwortete Fräulein Honig.

Matilda dachte konzentriert über diese Antworten nach. «Ich möchte sicher sein, dass ich alles richtig behalten habe», sagte sie, «bei Ihnen daheim war Ihr Vater

Magnus, Fräulein Knüppelkuh Agatha und Sie selber Florentine. Ist das richtig?»

«Das stimmt», sagte Fräulein Honig.

«Danke schön», sagte Matilda, «und jetzt werde ich dieses Thema nie mehr anschneiden.»

Fräulein Honig hätte zu gern gewusst, was im Kopf dieses Kindes vorgehen mochte. «Tu aber nichts Unbedachtes», sagte sie.

Matilda lachte, wandte sich ab; rannte den Weg zu ihrer Haustür entlang und rief dabei: «Auf Wiedersehen, Fräulein Honig! Und vielen Dank für den Tee.»

Die praktische Übung

Matilda fand das Haus wie üblich leer und verlassen vor. Ihr Vater war noch nicht von der Arbeit zurück, ihre Mutter noch nicht vom Bingo, und wo sich ihr Bruder herumtrieb, mochte der Himmel wissen. Sie ging geradewegs ins Wohnzimmer und zog die Schublade der Anrichte auf, in der, wie sie wusste, ihr Vater eine Kiste Zigarren aufhob. Sie nahm sich eine heraus, trug sie in ihr Schlafzimmer hinauf und schloss die Tür hinter sich zu. Jetzt also die praktische Übung, sagte sie sich. Es wird ganz schön haarig sein, aber ich bin fest entschlossen, es muss klappen.

Ihr Hilfsplan für Fräulein Honig begann in ihrer Vorstellung die schönsten Formen anzunehmen. Sie hatte ihn schon fast in allen Einzelheiten fertig, aber am Ende hing alles davon ab, ob sie imstande sein würde, eine einzige spezielle Sache mit ihrer Augenkraft zu schaffen. Sie wusste genau, dass sie es nicht auf Anhieb zustande brächte, aber sie vertraute fest darauf, dass es ihr mit der erforderlichen Übung und Hartnäckigkeit am Ende schon gelingen würde. Die Zigarre spielte dabei eine wesentliche Rolle. Sie war vielleicht etwas dicker, als sie sie gern gehabt hätte, aber das Gewicht war genau richtig. Sie würde gut mit ihr üben können.

In Matildas Schlafzimmer stand ein kleiner Frisiertisch, auf dem ihr Kamm und ihre Bürste lagen und zwei

Bücher aus der Bibliothek. Sie räumte diese Gegenstände beiseite und legte stattdessen die Zigarre mitten auf den Frisiertisch. Dann ging sie ein paar Schritte weg und ließ sich am Fußende ihres Bettes nieder. Sie war jetzt etwa drei Meter von der Zigarre entfernt.

Sie setzte sich zurecht und begann sich zu konzentrieren, und diesmal spürte sie sehr rasch, wie die Elektrizität in ihrem Kopf zu strömen begann, sich hinter den Augen zusammenballte, wie die Augen heiß wurden und wie Millionen von unsichtbaren winzigen Händen wie Funken gegen die Zigarre zu stieben und zu stoßen begannen. «Beweg dich!», flüsterte sie, und zu ihrer namenlosen Verblüffung rollte die Zigarre mit ihrer kleinen rotgoldenen Bauchbinde aus Papier fast sofort quer über den Frisiertisch und kullerte auf den Teppich.

Das machte Matilda Spaß. Sie genoss diese Übung. Sie hatte das Gefühl gehabt, als ob ihr im Kopf Funken im Kreise herumgejagt und aus den Augen geschossen wären. Das hatte ihr ein Gefühl der Macht verliehen, das fast unirdisch war. Und wie schnell es diesmal geklappt hatte! Wie einfach es gewesen war!

Sie durchquerte das Schlafzimmer, hob die Zigarre auf und legte sie wieder auf den Tisch.

So, jetzt also zum schwierigen Teil, dachte sie. Denn wenn ich die Kraft zum Schieben habe, muss ich doch auch sicher die zum Heben haben. Das Allerwichtigste ist, dass ich lerne, wie man hebt. Ich muss unter allen Umständen lernen, wie sie sich in die Luft heben und dort halten lässt. Es ist ja nichts sehr Schweres, so eine Zigarre.

Sie setzte sich wieder aufs Fußende des Betts und fing von vorn an. Es fiel ihr jetzt leicht, die Kraft hinter den Augen zu sammeln.

Es war, als drückte man auf einen Auslöser im Gehirn. «Heb dich in die Höhe!», flüsterte sie. «Hoch! Hoch!»

Zuerst fing die Zigarre wieder an herumzukullern. Doch dann, weil sich Matilda wie verrückt konzentrierte, hob sich das eine Ende der Zigarre ganz langsam vom Tisch, vielleicht zwei oder drei Zentimeter hoch. Mit einer kolossalen Kraftanstrengung schaffte sie es, sie so etwa zehn Sekunden zu halten. Dann fiel sie wieder zurück.

«Puh!», keuchte sie. «Aber ich hab's! Ich fang an, es zu schaffen!»

In der nächsten Stunde übte Matilda ununterbrochen, und schließlich gelang es ihr, die ganze Zigarre nur durch die Kraft ihrer Augen etwa zwanzig Zentimeter vom Tisch hoch in die Luft zu heben und sie dort fast eine Minute lang in der Schwebe zu halten. Danach war sie plötzlich so erschöpft, dass sie rückwärts aufs Bett fiel und sofort einschlief.

So fand sie ihre Mutter später am Abend.

«Was ist denn los mit dir?», sagte sie und weckte sie auf. «Bist du krank?»

«Ach, Quatsch», sagte Matilda, richtete sich auf und schaute sich um. «Nein, mir geht's gut. Ich war ein bisschen müde, das ist alles.»

Von da an schloss sich Matilda jeden Tag nach der Schule in ihrem Zimmer ein und übte mit der Zigarre. Und bald entwickelte sich alles aufs beste. Sechs Tage später, also am folgenden Mittwochnachmittag, war sie nicht nur imstande, die Zigarre in die Luft zu heben, sondern konnte sie auch ganz nach Belieben hin und her bewegen. Es war wunderbar. «Ich kann's!», schrie Matilda. «Ich kann es wirklich! Ich kann die Zigarre mit meiner

Augenkraft einfach aufheben und so durch die Luft stoßen und schieben, wie ich will!»

Jetzt musste sie ihren großen Plan nur noch in Gang
setzen.

Das dritte Wunder

Der folgende Tag war Donnerstag, also der Tag, wie die ganze Klasse von Fräulein Honig wusste, an dem die Schulleiterin die erste Unterrichtsstunde nach der Mittagspause zu übernehmen pflegte.

Am Morgen hatte Fräulein Honig zu ihnen gesagt: «Einigen von euch hat es neulich nicht besonders gefallen, als die Frau Rektorin die Klasse übernommen hatte. Deshalb wollen wir heute alle versuchen, uns besonders vorsichtig und vernünftig zu betragen. Was machen denn deine Ohren, Erich, nach diesem letzten Zusammentreffen mit Fräulein Knüppelkuh?»

«Sie hat sie ausgeleiert», antwortete Erich. «Meine Mutter hat gesagt, sie sind ganz bestimmt länger als vorher.»

«Und Rupert?», sagte Fräulein Honig. «Ich bin sehr erleichtert, weil ich sehe, dass du seit dem letzten Donnerstag keine Haare mehr gelassen hast.»

«Mein Kopf hat aber danach ganz schön gebrannt», antwortete Rupert.

«Und du, Nigel», fuhr Fräulein Honig fort, «versuch heute bitte nicht wieder, der Frau Rektorin so schlau zu kommen. Du bist in der vergangenen Woche ganz schön frech gewesen.»

«Ich kann sie nicht ausstehen», antwortete Nigel.

«Zeig das lieber nicht so deutlich», sagte Fräulein Honig, «es zahlt sich nicht aus. Sie ist eine sehr kräftige Frau. Sie hat Muskeln wie Stahltrossen.»

«Ich wünschte, ich wäre schon groß», sagte Nigel, «dann würde ich sie umhauen.»

«Ich möchte bezweifeln, dass dir das gelänge», sagte Fräulein Honig, «bis jetzt hat sie noch keiner bezwungen.»

«Was wird sie uns denn heute Nachmittag fragen?», erkundigte sich ein kleines Mädchen.

«Wohl sicherlich das Einmaldrei», antwortete Fräulein Honig. «Das habt ihr ja alle seit voriger Woche lernen sollen. Sorgt also dafür, dass ihr es könnt.»

Die Mittagspause kam und ging vorüber.

Nach dem Essen versammelte sich die Klasse wieder. Fräulein Honig stellte sich seitlich auf, die Kinder nahmen schweigend die Plätze ein und begannen voll Angst zu warten. Und dann brach die gewaltige Knüppelkuh in ihren grünen Hosen und dem Baumwollkittel wie ein Riesenweib aus der Urwelt in die Klasse ein. Sie marschierte geradewegs zu ihrem Wasserkrug, packte ihn am Griff, hob ihn auf und spähte misstrauisch hinein.

«Ich bin entzückt», sagte sie, «dass diesmal keine schleimigen Geschöpfe in meinem Trinkwasser schwimmen. Hätten sie es getan, so wäre jedem einzelnen Kind in dieser Klasse etwas besonders Unangenehmes zugestoßen. Und das hätte Sie mit eingeschlossen, Fräulein Honig.»

Die Klasse verhielt sich mucksmäuschenstill, alle saßen angespannt da. Sie hatten diese Tigerin unterdessen ein wenig kennen gelernt, und keiner wollte sie reizen. «Also gut», dröhnte die Knüppelkuh, «wollen wir mal sehen, wie gut ihr euer Einmaldrei beherrscht. Oder andersherum, wollen mal sehen, wie miserabel euch Fräulein Honig das Einmaldrei beigebracht hat.» Die Knüppelkuh stand vor der Klasse, Beine breit, Hände auf den Hüften, und warf einen finsteren Blick auf Fräulein Honig, die schweigend an der Seite stand.

Matilda, die vollkommen reglos auf ihrem Platz in der zweiten Reihe saß, verfolgte alles sehr genau.

«Du!», schrie die Knüppelkuh und deutete mit einem Finger von der Größe einer Nudelrolle auf einen Jungen namens Wilfred. Wilfred saß ganz vorn an der äußersten rechten Seite der Bankreihe.

«Steh auf, du!», schrie sie ihn an.

Wilfred stand auf.

«Sag das Einmaldrei rückwärts auf!», bellte die Knüppelkuh.

«Rückwärts?», stammelte Wilfred. «Aber rückwärts hab ich's nicht geübt.»

«Seht ihr!», schrie die Knüppelkuh triumphierend. «Nichts hat sie euch beigebracht! Fräulein Honig, warum haben Sie ihnen in der letzten Woche nichts, überhaupt nichts beigebracht?»

«Das ist nicht wahr, Frau Rektorin», sagte Fräulein Honig, «sie haben ihr Einmaldrei gelernt. Aber ich sehe keinen Sinn darin, es ihnen rückwärts beizubringen. Es hat überhaupt keinen Sinn, jemandem etwas verkehrt herum beizubringen. Das ganze Leben, Frau Rektorin, ist darauf gerichtet, vorwärts zu schreiten. Ich wage auch zu bezweifeln, ob selbst Sie ein so einfaches Wort wie zum Beispiel Kreuzworträtsel so ohne weiteres rückwärts buchstabieren könnten. Das möchte ich wirklich bezweifeln.»

«Werden Sie mir nicht frech, Fräulein Honig!»,

fauchte sie die Knüppelkuh an und wandte sich dann wieder dem unglückseligen Wilfred zu. «Also gut, Junge», sagte sie, «dann antworte mir auf diese Frage: Ich habe sieben Äpfel, sieben Apfelsinen und sieben Bananen. Wie viele Früchte habe ich dann insgesamt? Und jetzt hopp, hopp, schieß los! Raus mit der Antwort!»

«Aber das ist Zusammenzählen!», schrie Wilfred. «Das ist nicht das Einmaldrei!»

«Du hirnrissiger Idiot!», schrie die Knüppelkuh. «Du verschimmelter Pilz! Du stinkender Gummifurz! Und ob das das Einmaldrei ist! Du hast drei Mengen von Früchten, und jede Menge besteht aus sieben Stück. Drei mal sieben ist einundzwanzig. Kannst du das nicht kapieren, du modriger Moormops? Ich werde dir noch eine allerletzte Chance geben. Ich habe acht Kokosnüsse, acht Erdnüsse und acht so taube Nüsse, wie du eine bist. Wie viele Nüsse habe ich insgesamt? Also – her mit der Antwort, flink, flink.»

Der arme Wilfred war vollkommen durcheinander: «Moment!», winselte er. «Bitte warten Sie! Ich muss also acht Kokosnüsse und acht Erdnüsse zusammenzählen ...» Er fing an, das an seinen Fingern abzuzählen.

«Du picklige Pestbeule», schrie die Knüppelkuh mit gellender Stimme, «du mottenzerfressener Murks! Hier wird nicht zusammengezählt! Hier wird multipliziert! Also drei mal acht! Oder vielleicht acht mal drei? Was ist der Unterschied zwischen drei mal acht und acht mal drei? Antworte mir, du spilleriger Wurzelzwerg, aber pass bloß auf!»

Unterdessen war Wilfred so verschreckt und verstört, dass er kein Wort mehr herausbrachte.

In zwei gewaltigen Schritten war die Knüppelkuh neben ihm, und mit einem einzigen fabelhaften Turnertrick – es konnte genauso gut Judo wie Karate gewesen sein – kickte sie mit einem Fuß so gegen Wilfreds Waden, dass der Junge steil in die Höhe schoss und in der Luft einen Salto schlug. Aber mitten in diesem Schwung erwischte sie ihn am Fußgelenk und hielt ihn so fest, dass er wie ein gerupftes Huhn in der Auslage eines Wild- und Geflügelladens mit dem Kopf nach unten baumelte.

«Acht mal drei», rief die Knüppelkuh und ließ Wilfred am Fußgelenk hin und her pendeln, «acht mal drei ist dasselbe wie drei mal acht, und drei mal acht ist vierundzwanzig! Wiederhole mir das!»

Genau in diesem Augenblick sprang Nigel am anderen Ende des Klassenzimmers auf die Füße, fing an, wie verrückt auf die Tafel zu deuten, und schrie: «Die Kreide! Die Kreide! Schaut euch doch die Kreide an! Sie bewegt sich von ganz alleine!»

Nigels Geschrei klang so hysterisch und schrill, dass alle, selbst die Knüppelkuh, zur Tafel blickten. Und wahrhaftig, dort schwebte ein funkelnagelneues Stück Kreide dicht vor der grauschwarzen Schreibfläche der Tafel.

«Sie schreibt was!», kreischte Nigel. «Die Kreide schreibt was!»

Und wirklich, sie schrieb etwas.

«Was zum Donnerwetter soll denn das?», heulte die Knüppelkuh.

Sie hatte einen Schreck gekriegt, weil sie sah, wie ihr eigener Vorname von einer unsichtbaren Hand an die Tafel geschrieben wurde. Sie ließ Wilfred einfach fallen und schrie, ohne jemand Besonderen zu meinen: «Wer macht das denn? Wer schreibt denn da?»

Die Kreide fuhr fort zu schreiben:

Alle Kinder in der Klasse hörten das Keuchen, das aus der Kehle der Knüppelkuh drang. «Nein!», schrie sie. «Das kann nicht sein! Das kann nicht Magnus sein!»

Dies ist Magnus
Und du solltest das lieber
glauben

Fräulein Honig warf von ihrer Seite aus einen raschen Blick auf Matilda. Das Kind saß kerzengerade an seinem Pult, den Kopf hochgereckt, den Mund zusammengekniffen, die Augen so funkelnd wie zwei Sterne.

Agatha, gib meiner Florentine
ihr Haus zurück

Aus irgendeinem Grund schauten alle die Knüppelkuh an. Das Gesicht der Frau war weiß wie Schnee geworden. Ihr Mund klappte auf, sie schnappte wie ein Fisch auf dem Trockenen nach Luft und keuchte unablässig, als ob sie erstickte.

Gib meiner Florentine
   ihre Gehälter
Gib meiner Florentine ihr Haus
Dann scher dich davon
Wenn du das nicht tust, dann komme
  ich und werde dich erledigen
Ich werde kommen und dich erledigen
   Wie du mich erledigt hast
Ich lass dich nicht
   aus den Augen

            Agatha

Die Kreide hörte auf zu schreiben. Sie schwebte noch ein paar Augenblicke in der Luft, dann fiel sie plötzlich auf den Boden, klirrte und brach in zwei Stücke.

Wilfred, der es unterdessen geschafft hatte, sich wieder auf seinen Platz in der ersten Reihe zu setzen, schrie auf: «Fräulein Knüppelkuh ist umgefallen! Fräulein Knüppelkuh liegt auf dem Boden!»

Das war die sensationellste Neuigkeit überhaupt und die ganze Klasse sprang auf, um diesen Anblick voll und ganz zu genießen. Denn da lag sie, die gewaltige Gestalt der Schulleiterin, in voller Länge rücklings auf den Fußboden gestreckt, erledigt und kampfunfähig.

Fräulein Honig stürzte nach vorn und ließ sich neben der gefällten Riesin auf die Knie nieder. «Sie hat das Bewusstsein verloren!», rief sie. «Sie ist hinüber! Einer von euch muss sofort loslaufen und die Hausmutter holen.»

Drei Kinder auf einmal stürzten aus dem Klassenzimmer.

Nigel, der immer etwas zu tun haben musste, sprang auf und packte den großen Wasserkrug. «Mein Vater sagt, kaltes Wasser ist das Beste, wenn man wen wieder aufwecken will, der umgekippt ist», sagte er und goss bei diesen Worten den gesamten Inhalt des Wasserkrugs der Knüppelkuh auf den Kopf. Niemand protestierte, nicht einmal Fräulein Honig.

Was Matilda anbelangte, sie blieb reglos an ihrem Pult sitzen. Sie fühlte sich merkwürdig leicht. Ihr kam es vor, als hätte sie etwas berührt, was nicht ganz von dieser Welt war, den höchsten Punkt des Himmels, den fernsten Stern. Sie hatte fast wie ein Wunder gespürt, wie sich die Kraft hinter ihren Augen sammelte, wie sie ihr wie ein warmer Strom durch den Kopf floss, ihre Augen waren glühend heiß geworden, heißer denn je, und es war aus ihren Augenhöhlen herausgeschossen, dass sich die Schulkreide ganz von allein gehoben und angefangen hatte zu schreiben. Ihr war so, als hätte sie selber kaum etwas getan, alles war ganz einfach gewesen.

Die Hausmutter kam mit einem Gefolge aus fünf Lehrern, drei Frauen und zwei Männern, in das Klassenzimmer gestürzt.

«Donnerwetter, hat sie endlich doch einer zu Boden gestreckt!», rief einer der Männer und grinste. «Ich gratuliere, Fräulein Honig!»

«Wer hat das Wasser auf sie gegossen?», fragte die Hausmutter.

«Ich», antwortete Nigel stolz.

«Ausgezeichnet», sagte ein zweiter Lehrer, «sollen wir noch mehr holen?»

«Schluss damit», befahl die Hausmutter, «wir können sie ins Krankenzimmer transportieren.»

Alle fünf Lehrer und die Hausmutter mussten anpacken, um das gewaltige Weib in die Höhe zu wuchten und sie, unter ihrem Gewicht schwankend, aus dem Klassenzimmer zu tragen.

Fräulein Honig sagte zu den Kindern: «Ich glaube, ihr lauft jetzt am besten auf den Hof hinaus und spielt bis zur nächsten Unterrichtsstunde.» Dann drehte sie sich um, ging zur Tafel und wischte die Kreidebuchstaben sorgfältig ab.

Die Kinder fingen an, nacheinander aus der Klasse zu laufen. Matilda wollte sich ihnen anschließen, aber als sie an Fräulein Honig vorbeikam, blieb sie stehen und zwinkerte ihrer Lehrerin zu. Da rannte Fräulein Honig auf sie zu, schloss das kleine Mädchen heftig in die Arme und gab ihr einen Kuss.

Ein neues Zuhause

Im Laufe des Tages verbreitete sich die Nachricht, dass Fräulein Knüppelkuh wieder zu sich gekommen und mit verkniffenem Mund und schneeweißem Gesicht aus der Schule marschiert sei.

Am nächsten Morgen ließ sie sich dort nicht blicken. In der Mittagspause rief Herr Trilby, der stellvertretende Schulleiter, bei ihr zu Hause an, um sich nach ihrem Befinden zu erkundigen. Es nahm jedoch niemand den Hörer ab.

Als die Schule zu Ende war, beschloss Herr Trilby, etwas gründlicher nachzuforschen, und machte sich auf den Weg zu dem Haus, in dem Fräulein Knüppelkuh am Rande der Ortschaft lebte. Ein hübsches kleines altes Haus aus rotem Backstein, das deshalb als das Rote Haus bekannt war. Es lag hinter den Hügeln ganz versteckt im Wald.

Er zog an der Glocke. Keine Antwort.

Er klopfte kräftig. Keine Antwort.

Er rief laut: «Ist jemand zu Hause?» Keine Antwort.

Er rüttelte versuchsweise an der Klinke und stellte zu seinem Erstaunen fest, dass die Tür nicht verschlossen war. Er trat ein.

Das Haus lag in tiefem Schweigen und war vollkommen verlassen. Alle Möbel standen jedoch an ihrem Platz. Herr Trilby ging hinauf und schaute in das große

Schlafzimmer. Auch hier schien alles ganz normal zu sein, bis er anfing, Schubladen aufzuziehen und in Schränke zu blicken. Nirgends mehr fanden sich Kleider oder Unterwäsche oder Schuhe. Sie waren samt und sonders verschwunden.

Sie ist verduftet, sagte sich Herr Trilby und machte kehrt, um die Schulverwaltung davon zu informieren, dass die Rektorin ganz offensichtlich verschwunden war.

Am übernächsten Morgen erhielt Fräulein Honig einen eingeschriebenen Brief von einer Rechtsanwaltsfirma. Darin wurde sie davon unterrichtet, dass das Testament, der letzte Wille ihres verblichenen Vaters Dr. Honig, plötzlich und unter geheimnisvollen Umständen wieder aufgetaucht sei. Dieses Dokument enthüllte nun, dass in Wirklichkeit Fräulein Honig seit dem Tod ihres Vaters die rechtmäßige Besitzerin des Anwesens am Stadtrand war, als das Rote Haus bekannt, in dem bis vor kurzem ein gewisses Fräulein Agatha Knüppelkuh gewohnt hatte. Dieses Dokument bewies weiterhin, dass die Ersparnisse ihres Vaters, die glücklicherweise immer noch unangetastet und sicher in der Bank ruhten, ihr ebenfalls vermacht worden waren. Der Rechtsanwalt schloss seinen Brief mit der Bitte, Fräulein Honig möge ihn doch so bald wie möglich in seiner Kanzlei aufsuchen. Dann könne er nämlich das Anwesen und das Geld in kürzester Zeit auf ihren Namen umschreiben.

Genauso machte es Fräulein Honig, und innerhalb von ein paar Wochen war sie in das Rote Haus gezogen, genau an den Ort, an dem sie aufgewachsen war und wo sie glücklicherweise all die Familienmöbel und Bilder noch vorfand.

Von da an war Matilda an jedem Nachmittag nach der

Schule ein stets willkommener Gast im Roten Haus, und zwischen der Lehrerin und dem kleinen Mädchen begann sich eine innige Freundschaft zu entwickeln.

Auch in der Schule fanden große Veränderungen statt. Sobald es klar wurde, dass Fräulein Knüppelkuh vollkommen von der Bildfläche verschwunden war, wurde der verdienstvolle Herr Trilby an ihrer Stelle zum Schulleiter ernannt. Und bald danach wurde Matilda in die oberste Klasse versetzt, wo Fräulein Plimbim ziemlich rasch entdeckte, dass dieses erstaunliche Kind in jeder Hinsicht so aufgeweckt war, wie es Fräulein Honig behauptet hatte.

Ein paar Wochen später trank Matilda eines Nachmittags ihren Tee bei Fräulein Honig in der Küche vom Roten Haus, so wie sie es immer nach der Schule zu tun pflegten, als Matilda plötzlich sagte: «Mir ist etwas Komisches zugestoßen, Fräulein Honig.»

«Na, dann erzähl's mir», sagte Fräulein Honig.

«Heute früh», sagte Matilda, «hab ich einfach aus Spaß probiert, irgendetwas mit meinen Augen in Bewegung zu setzen, und das hab ich nicht geschafft. Nichts hat sich geregt. Ich hab nicht einmal diese Hitze gespürt, die immer hinter meinen Augäpfeln entsteht. Die Kraft ist weg, ich glaube, ich hab sie ganz und gar verloren.»

Fräulein Honig bestrich sorgfältig eine Scheibe Graubrot mit Butter und klekste etwas Erdbeermarmelade darauf. «Mit so etwas Ähnlichem hab ich schon gerechnet», sagte sie.

«Ach wirklich? Warum denn?», fragte Matilda.

«Na ja», antwortete Fräulein Honig, «es ist nur eine Vermutung, aber ich will dir sagen, was ich mir gedacht habe. Solange du in meiner Klasse warst, hast du nichts zu tun gehabt, hast um nichts kämpfen müssen. Dein Verstand ist dabei vor lauter Langeweile geradezu verrückt geworden. Es muss in deinem Kopf wie wild geblubbert und gekocht haben, und es haben sich einfach unermessliche Kräfte angesammelt, die kein Ziel und keinen Sinn gehabt haben. Aber irgendwie muss es dir gelungen sein, diese Kraft durch deine Augen zu schießen und sie Gegenstände bewegen zu lassen. Aber jetzt hat sich die Lage geändert. Du bist in der obersten Klasse, und du hast es mit Kindern zu tun, die mehr als doppelt so alt sind wie du. Du brauchst also all deine Geisteskräfte für die Schule. Dein Verstand ist zum ersten Mal richtig gefordert, muss sich anstrengen und wird in Bewegung gehalten, und das ist großartig. Freilich, das ist nur eine Theorie, vielleicht sogar eine ziemlich dummerhafte, aber mir kommt es doch so vor, als ob sie ziemlich die Wahrheit träfe.»

«Ich bin froh, dass das passiert ist», sagte Matilda, «ich wäre nicht gern als Wundertäterin durchs Leben gewandert.»

«Du hast auch genug bewirkt», sagte Fräulein Honig. «Ich kann immer noch nicht richtig glauben, was du alles für mich getan hast.»

Matilda, die auf einem hohen Hocker am Küchentisch saß, kaute bedächtig ihr Marmeladenbrot. Sie genoss diese Nachmittage mit Fräulein Honig aus ganzem Herzen. Sie fühlte sich in ihrer Gegenwart vollkommen entspannt und glücklich, und die beiden unterhielten sich so miteinander, als ob sie mehr oder weniger gleichgestellt wären.

«Wissen Sie eigentlich», sagte Matilda, «dass ein Mäuseherz sechshundertfünfzigmal in der Minute schlägt?»

«Nein», erwiderte Fräulein Honig und lächelte, «das ist ja faszinierend. Wo hast du das gelesen?»

«In einem Buch aus der Bücherei», antwortete Matilda, «und das bedeutet, es schlägt so schnell, dass man die einzelnen Schläge gar nicht hören kann. Es muss einfach wie ein Summen klingen.»

«Wahrscheinlich», entgegnete Fräulein Honig.

«Und wie schnell schlägt Ihrer Meinung nach das Herz eines Igels?», fragte Matilda.

«Verrat es mir», sagte Fräulein Honig und lächelte wieder.

«Längst nicht so schnell wie bei einer Maus», erklärte Matilda, «nur dreihundertmal pro Minute. Aber trotzdem, hätten Sie gedacht, dass es so schnell schlägt bei einem Tier, das sich so langsam bewegt, hätten Sie das vermutet, Fräulein Honig?»

«Ganz gewiss nicht», antwortete Fräulein Honig, «erzähl mir weiter davon.»

«Beim Pferd», sagte Matilda, «da pocht es richtig langsam. Nur vierzigmal in einer Minute.»

Dieses Kind, sagte sich Fräulein Honig, scheint an allem interessiert zu sein. Wenn man mit ihm zusammen ist, dann kann man sich unmöglich langweilen. Wie ich das liebe!

Die beiden blieben noch eine Stunde oder länger in der Küche sitzen und unterhielten sich, und dann, so gegen sechs, sagte Matilda Guten Abend und machte sich auf den Heimweg zu ihrem Elternhaus, das etwa acht Minuten entfernt lag.

Als sie vor ihrem Gartentor ankam, sah sie, dass ein großer schwarzer Mercedes davor parkte. Sie kümmerte sich nicht sonderlich darum. Vor dem Haus ihres Vaters standen oft die merkwürdigsten Autos. Als sie jedoch das Haus betrat, platzte sie in eine vollkommen chaotische Szene. Ihre Mutter und ihr Vater waren beide in der Halle und stopften wie die Wilden Kleider und alle möglichen Sachen in Koffer und Taschen.

«Was ist denn um Himmels willen hier los?», rief sie. «Was ist denn passiert, Vati?»

«Wir hauen ab», sagte Herr Wurmwald, ohne aufzuschauen. «In einer halben Stunde geht's los, zum Flughafen, also fang lieber an zu packen. Dein Bruder ist oben, schon reisefertig. So setz dich doch in Bewegung, Mädchen! Mach los!»

«Wegfliegen?», schrie Matilda auf. «Wohin denn?»

«Spanien», sagte ihr Vater. «Hat ein besseres Klima als dieses lausige Land hier.»

«Spanien!», rief Matilda. «Ich will aber nicht nach Spanien! Ich bin gerne hier! Und ich liebe meine Schule!»

«Mach, was ich dir sage, und Schluss mit den Widerworten!», fuhr sie ihr Vater an. «Ich hab schon genug am Hals, da will ich mich nicht auch noch mit dir rumärgern müssen.»

«Aber Vati ...», begann Matilda.

«Halt's Maul», schrie der Vater, «in dreißig Minuten brechen wir auf. Ich will mein Flugzeug nicht verpassen!»

«Aber für wie lange denn, Vati?», rief Matilda. «Wann kommen wir denn zurück?»

«Überhaupt nicht», fauchte der Vater, «und jetzt zisch ab! Ich hab zu tun!»

Matilda drehte sich um und ging durch die offene Haustür wieder hinaus. Sobald sie auf der Straße war, fing sie an zu rennen. Sie sauste geradewegs zu Fräulein

Honigs Haus zurück und erreichte es in weniger als vier Minuten. Sie flog den Gartenweg entlang, und dann sah sie plötzlich Fräulein Honig im Vordergarten, wie sie mitten in einem Rosenbeet stand und irgendetwas mit einer Heckenschere machte. Fräulein Honig hatte Matildas schnelle Schritte auf dem Kies knirschen hören, und während das Kind auf sie zustürzte, richtete sie sich auf, drehte sich um und trat aus dem Rosenbeet.

«Du meine Güte», sagte sie, «was ist denn um Himmels willen nur los?»

Matilda stand keuchend vor ihr, ganz außer Atem, das kleine Gesicht rot wie eine Pfingstrose.

«Sie gehen weg!», schrie sie. «Sie haben alle den Verstand verloren und stopfen ihre Koffer voll, und in einer halben Stunde brechen sie auf, nach Spanien!»

«Wer denn?», fragte Fräulein Honig ruhig.

«Mami und Vati und mein Bruder Michael, und sie sagen, ich muss mit ihnen kommen!»

«Du meinst in die Ferien?», fragte Fräulein Honig.

«Für immer!», schrie Matilda. «Vati sagt, wir kommen nie und nimmer zurück!»

Nach einer kurzen Pause bemerkte Fräulein Honig: «Ehrlich gesagt, das überrascht mich nicht.»

«Wollen Sie sagen, Sie hätten gewusst, dass sie weggehen?», schluchzte Matilda. «Warum haben Sie mir denn nichts davon gesagt?»

«Nein, Liebes», sagte Fräulein Honig, «ich habe nicht gewusst, dass sie weggehen. Aber die Nachricht verblüfft mich trotzdem nicht.»

«Wieso denn?», rief Matilda. «Sagen Sie mir doch, warum.» Sie war immer noch vollkommen außer Atem von der Rennerei und vor allem vor Schreck.

«Weil dein Vater», sagte Fräulein Honig, «mit einem Haufen Gauner im Bunde ist. Das weiß jeder hier im Ort. Ich vermute, dass er gestohlene Autos aus dem ganzen Land abgenommen hat. Er steckt bis über die Ohren drin.»

Matilda starrte sie mit offenem Mund an.

Fräulein Honig fuhr fort: «Die Leute haben deinem Vater gestohlene Autos in die Werkstatt gebracht, und er hat dort die Nummernschilder ausgewechselt und die Karosserie mit einer anderen Farbe gespritzt und so weiter. Und jetzt hat ihn wahrscheinlich jemand verpfiffen, und die Polizei sitzt ihm auf den Fersen, und da macht er das, was sie alle machen: Er haut ab nach Spanien, wo sie ihn nicht erwischen können. Er wird sicher schon seit Jahren sein ganzes Geld dorthin geschafft haben, und jetzt kann er sich ins gemachte Nest setzen.»

Sie standen auf dem Rasen vor dem schönen roten Backsteinhaus mit seinen verwitterten alten roten Dachschindeln und den hohen Schornsteinen, und Fräulein Honig hatte immer noch die Gartenschere in der Hand.

Es war ein milder, goldener Abend, und irgendwo in der Nähe schlug eine Amsel.

«Ich will nicht mit denen weggehen!», rief Matilda plötzlich. «Ich will nicht weg mit ihnen.»

«Ich fürchte, du musst», sagte Fräulein Honig.

«Ich möchte hier bei Ihnen wohnen», rief Matilda aus. «Ach bitte, erlauben Sie mir doch, bei Ihnen zu wohnen.»

«Ich wünschte wirklich, das ginge», entgegnete Fräulein Honig, «aber das ist leider nicht möglich. Du kannst deine Eltern nicht einfach so verlassen. Sie haben ein Recht darauf, dich mitzunehmen.»

«Aber wenn sie damit einverstanden sind?», rief Matilda aufgeregt. «Wenn sie vielleicht Ja sagen, ich könnte bei Ihnen bleiben? Würden Sie mich dann nehmen?»

Fräulein Honig sagte leise: «Ach, das wäre himmlisch.»

«Also, ich glaube, dass sie einverstanden sind!», rief Matilda. «Ehrlich, das glaub ich! Sie kümmern sich in Wirklichkeit keinen Pfifferling um mich!»

«Nicht so schnell!», sagte Fräulein Honig.

«Aber wir müssen schnell machen!», rief Matilda. «Sie können jeden Augenblick losfahren! Kommen Sie schon!», rief sie und griff nach Fräulein Honigs Hand.

«Bitte kommen Sie mit mir mit und fragen Sie sie! Aber wir müssen uns beeilen! Wir müssen rennen!»

Im nächsten Augenblick rasten die beiden den Gartenweg entlang und dann auf die Straße hinaus, Matilda immer voraus, wobei sie Fräulein Honig am Handgelenk hinter sich herzerrte, und es war eine wilde und wunderbare Jagd über die Landstraße und durch den Ort bis zu dem Haus, in dem Matildas Eltern lebten. Der große schwarze Mercedes wartete immer noch davor, der Kofferraum und alle Türen standen jetzt sperrangelweit offen, und Herr und Frau Wurmwald und der Bruder wimmelten wie die Ameisen drum herum, als Matilda und Fräulein Honig angestürzt kamen, und stapelten Koffer hinein.

«Vati und Mami!», platzte Matilda heraus und rang keuchend nach Atem. «Ich will nicht mit euch gehen! Ich möchte hier bleiben und bei Fräulein Honig wohnen und sie sagt, ich kann, wenn ihr mir die Erlaubnis gebt! Ach bitte, sagt ja! Los, Vati, sag ja! Sag ja, Mami!»

Der Vater drehte sich um und glotzte Fräulein Honig an. «Sie sind die Lehrerin, die mal hergekommen ist, was?», fragte er. Dann fuhr er fort, die Koffer in das Auto zu packen.

Seine Frau sagte zu ihm: «Der muss auf den Rücksitz. Im Kofferraum ist kein Platz mehr.»

«Ich würde Matilda sehr gerne zu mir nehmen», sagte Fräulein Honig, «ich würde mit Liebe und Umsicht für sie sorgen, Herr Wurmwald, und ich würde für alles zahlen. Sie würde Sie keinen Penny kosten. Aber es ist nicht meine Idee gewesen. Es ist Matildas Wunsch. Und ohne Ihre volle und freiwillige Zustimmung kann ich mich nicht einverstanden erklären, sie zu mir zu nehmen.»

«Komm schon, Harry», sagte die Mutter und stopfte noch einen Koffer auf den Rücksitz, «warum lassen wir sie nicht hier, wenn sie das will. Eine weniger, um die wir uns kümmern müssen.»

«Ich hab's eilig», sagte der Vater, «ich muss ein bestimmtes Flugzeug erwischen. Wenn sie hier bleiben will, dann soll sie doch. Ich hab nichts dagegen.»

Matilda sprang Fräulein Honig in die Arme und umarmte sie, und Fräulein Honig gab die Umarmung zurück, und dann saßen die Mutter, der Vater und der Bruder im Auto, und das Auto raste mit quietschenden Reifen davon. Der Bruder winkte ihr noch durchs Rückfenster zu, aber die anderen beiden schauten sich nicht einmal um. Fräulein Honig hatte das kleine Mädchen immer noch auf dem Arm, und keine von ihnen sagte etwas, während sie dastanden und dem großen schwarzen Auto nachschauten, das am Ende der Straße um die Ecke bog und für immer und ewig in der Ferne entschwand.